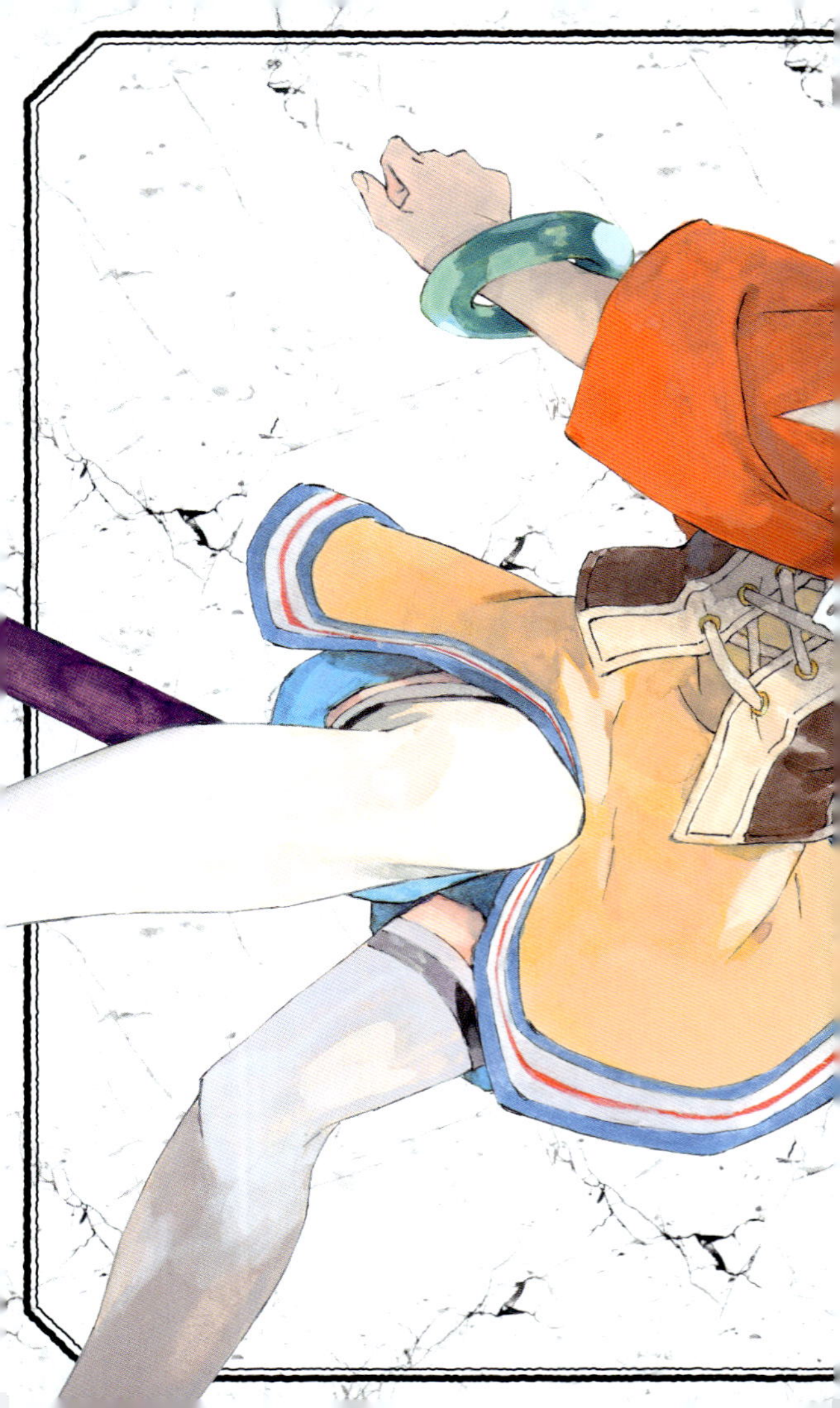

SORCEROUS STABBER
ORPHEN

魔術士オーフェンはぐれ旅

Season 4 : The Episode 5

女神未来（上）

秋田禎信
YOSHINOBU AKITA

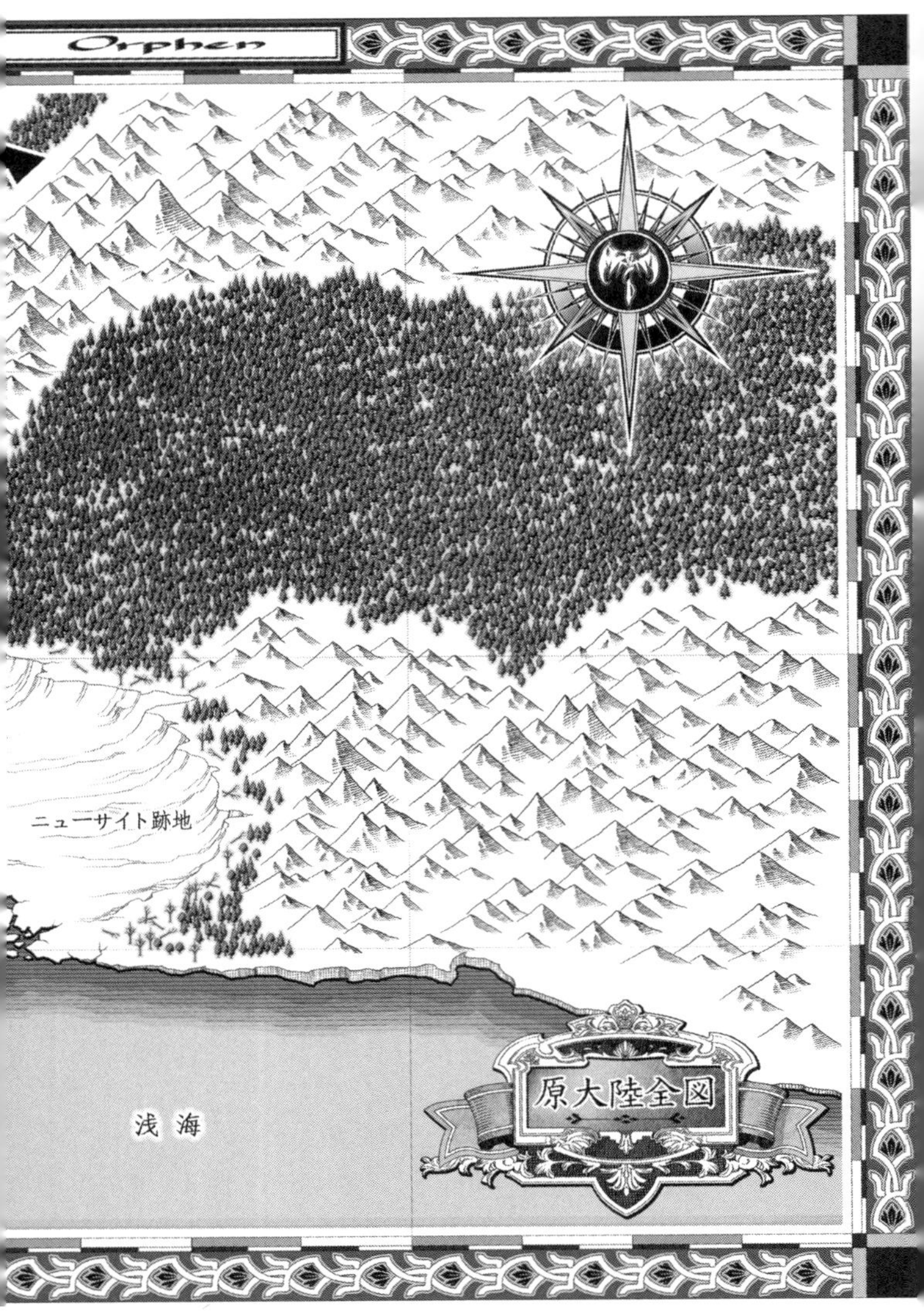
Orphen
ニューサイト跡地
浅 海
原大陸全図

開拓村へ
物資を供給
騎士団基地
シマス進路
キルスタンウッズ
資材輸送基地
開拓方向
スウェーデンボリー
魔術学校
発送基地
ローグタウン
カーロッタ村
ラポワント市
黒の森
アキュミレイション・ポイント
希望街道
(現在封鎖)
市街地
上座区
大統領邸
港区
岬の牙
工業区

登場人物紹介

結界が消え、原大陸には新たな勢力図が描かれている。
最終決戦へ向けて動き出す各人の関係性を、相関図で紐解く。

前巻までのあらすじ

リベレーターの一団により、ローグタウンは結界に封じられたが、マヨールたちの活躍により、その消滅に成功する。

戦術騎士団を率いる《魔王》オーフェンは、侵攻を開始したカーロッタたちを迎え撃つ準備を進めていた。

スウェーデンボリー魔術学校

戦術騎士団
マジク・リン
凄腕の魔術士
師
弟子
父
オーフェン・フィンランディ
《魔王》と呼ばれる魔術士。元学校長
旧友
夫
妻
エド・サンクタム
戦術騎士団の隊長
クリーオウ・フィンランディ
母
娘
娘
エッジ・フィンランディ
三姉妹の次女
ラッツベイン・フィンランディ
三姉妹の長女
“隊”
妹
ベイジット・パッキンガム
同士
ビィブ・ハガー
ORPHEN
SORCEROUS STABBER

SORCEROUS STABBER
ORPHEN

CONTENTS

女神未来（上）

1

「どぅりゃたァァァ！」

完璧な拳の一撃だった。

踏み出し、踏み込み、大地の感触に瞬時の体重の推移、体位の転身、全身を貫く力の吹き抜け、拳の握り込みに至るまで。

何者も防げない。何者とて絶命せずにいられない。生涯でも何度かというレベルの会心だ。誰もが認める騎士団の達者、ブレイキング・マシューにとってすら、久々に感じたというほどの。

だがどうでも良かった。そんなものは所詮、通常の人体を相手にしての話に過ぎない。それをどうでもいいとしか思わなくなったのは、別の快感に目覚めたからだ。人ならぬ者を殺す凄絶さに。

マシューの放った拳を、革命闘士のヴァンパイアはあっさりかわした。手が届く場所にあったはずの身体が、急に厚みを失い、遠ざかったのだ。

紙のようになったヴァンパイアはマシューの横をすり抜け、背後に回り込んだ。

「チィイ！」

すぐさま、マシューは倒れ込んだ。口に感じた苦みに顔を歪《ゆが》める。

（だから嫌なんだよ、完璧って感じんのはよ――）

罵る。

完璧な間合いだったから、わずかに外されただけで無意味になってしまった。

（少しくれェ、ズレてるくらいが丁度いいんだ。バケモノとやんのはなァ！）

バンと大地を叩《たた》いて、飛び起きる。伏せた頭の上を、敵の反撃が――鋭い平面の手刀が通り過ぎたすぐ後に。

両拳を突き出して打ち掛かるが、これも敵にかわされ、マシューは後方に飛び退《の》いた。

「どうも、うぜぇな」

距離を取って毒づいた。

ふははは、と革命闘士が笑い出す。

「貴様ごときがこの〝薄明のラバチェロ〟に歯向かうなど――」

が、マシューはまったくそれを聞いていなかった。革命闘士の向こう側で戦っている同僚に、声をあげる。

「やっぱりだ！　こっち、どこをどう遊んでもあと一発で終わっちまうぞ！　クソつまんねえハズレだ！　てめえ知ってたんじゃねえだろうな！」

やや離れて、獣のようなヴァンパイアふたりとやり合っているシスタも同様に小休止を挟んでいた。

「……知るわけないし、面白いかどうかなんて気にするわけがないでしょ」

そしてすぐに、交戦を再開する。

彼女が相手にしているヴァンパイアは、元はひとりだった。変化して分裂し、シスタは既に数体を倒している。黒焦げになった死体が点在していた。

「ったくよォ。まあ粗食でもねえよりゃマシだ」

と、自分の敵に視線をもどす。革命闘士は不機嫌に声をあげた。

「貴様、わたしを舐《な》めて――」

それも聞いていなかった。マシューは単に自分と会話していたのだ。

「近いうちにごちそうが待ってるからな。カーロッタの婆《ばば》ァは内臓叩くとどんな音すんだ」

「カーロッタ様になんたる無礼――」

「ついぞねえ規模の大殺戮《さつりく》だ。いっそのこと二日に分けりゃあいいのによ。寝て食って殺して酒飲みながらまた殺して」

「貴様のような不心得者がこの世界を」

「たっまんねェなァー。クソしてケツ拭く間も惜しいや。まあ拭かねえでいいか」

「話を聞」

「うるっせえな！」

怒鳴って飛び出す。

怒りに任せた無茶苦茶な跳躍。精妙さも美しさもいらない。獣のように敵に触れ、敵の目と鼻に指を突っ込んだ。

力任せに引き裂く。絶叫する革命闘士の傷口を見下ろして、光熱波を撃ち込んでとどめを刺した。

見やると、シスタも決着をつけていた。

「同時か」

不機嫌にマシューが告げると彼女は首を振った。

「いや、お前のほうがやや早かった」

「ホントか？」

「揉《も》めたくないから、それでいい」

興味ない様子で淡々と告げ、シスタはあたりを見回した。

「やはり革命闘士は集まっているな。これ以上はローグタウンに近づけない」

「アア？　俺はまだいけるぜ」

「わたしは無理だ。気力も体力も保《も》たない」

「ホントか？」

「ああ。揉めたくないからそういうことでいい」

嘆息を挟んで、続ける。

「隊長から再結集のコールがかかったのは昨日のことだ。さすがにもどらないわけにいかない」

「ハッ。まあ、パーティーにゃ前夜祭も必要か」

焼け死んだ敵を蹴って捨てる。

「ここまでの鬱憤もあるんだ。派手なダンスになるな」

「お前のどこに我慢があったんだ」

「おっおっ？」

「あー……そうだな。全部お前の言う通りだ。揉めたくない」

頭を抱えるシスタに、へへと笑って。

マシューは、ふと、つぶやいた。

「いつかこの時が来ると、分かってたろ」

「………」

横目で見やってくる彼女に、マシューは続けた。

「俺みてえなのはまあ、死ぬだろうな。隊長もだ。お前は死ぬなよ。戦術騎士団を背負って立つ身綺麗《みぎれい》なのが生き残らねえと」

「マシュー」

はっと振り向くシスタに、べろんと長い舌を出して――そのまま顔面を舐めあげる。

「なーんてな！　ヒャハハ隙見せると思ってたぜバーカ！　死ぬかよ！　親玉を殺したところでヴァンパイアがいなくなるわけじゃねえんだ。俺は永遠に奴らを狩ってやる！」

笑い転げていたマシューだが……

しばらくして、シスタがふざけるなと蹴り込んできたらその足を取ってまた転ばしてやろうと思っていたのに、彼女はそうしてこなかった。舐められた顔を拭って、ぼんやりとこちらを見下ろしている。

怒りも嘲りもない。じっと、真っ直《す》ぐに。

マシューが気付くのを待って、シスタは告げた。

「お前がそう言うのなら、そういうことでいい」

「……ケッ」

小さく吐き捨てて、マシューは身を起こした。

時間が迫っている。再結集のコールもだが。それよりも、限りあるものが当たり前に足音を響かせて近づいてくるのを、誰もが感じている。

この原大陸に二十数年居座っていたものが、また激しく変化を迎える。

嵐の先になにが待つのか、まだ誰も分かっていない。恐らくは、まだ、きっと。

2

「これからは簡単な話だ」

エド・サンクタムに言わせればそうだった。

まあ、そうなのだろうな、とオーフェン・フィンランディは思う。すべてが元にもどったように感じられるのだろう。二十数年ぶりのアイルマンカー結界は再び消失し、降ってわいたようなキエサルヒマからの厄介者——リベレーターの計画は失われた。

そして所在をくらましていたカーロッタも現れた。市内に潜伏していた革命闘士も街を出て、最終決戦に臨む彼女の元へと集まっていく。

あとは……

スウェーデンボリー魔術学校の校長室で、エドは淡々と思うがままを述べる。自分はそれをやや苦い気持ちで聞いている。これも、元にもどったとは言えるか。

「状況は遥《はる》かに簡単になった。カーロッタと手下を滅ぼし、サルア・ソリュードを抹殺すればいい」

「結界があろうがなかろうが、お前が考えるのはいつもそんなもんだろ」

机の上に肘をついて、オーフェンはうめいた。

エドがため息を返してくる。

「まだ二の足を踏むのか？」

「いや。逃げ道がないのは分かってる」

役割は役割だ。果たさねばならない。

それでも考えて、告げる。

「……市長は殺せない。傲慢な大統領邸ですらさすがに言い出さなかった。やれば見放されるぞ」

「見放されることを恐れれば、侮られる」

「侮られなくなれば、全力で敵対されるさ」

手を振って仕切り直す。

「合理的に行こう。どのみち、まずはカーロッタだ。奴を潰せばサルアも収まる見込みはある」

それはエドも認めたようだった。相変わらずの無表情だが軽くうなずく。

部屋を出ていく気配だったが、足を止めて振り向いた。つぶやく。

「決戦だな」

戦術騎士団隊長エド・サンクタムがそんな感傷を見せるのも少々珍しい。

「さすがに、今回の戦いはお前にも長かったか？」

訊《き》くと、エドは強がりでもなく真面目《まじめ》に考え込んだようだ。しばらくしてかぶりを振った。

「そうでもないな。普段と大きくは変わらない」

「まあ、そんなもんか」

空振りして言い直した。

「侮れないぞ。カーロッタはローグタウンに陣取って、カーロッタ村の支援を受け、各地の開拓村からも革命闘士が動き出してる」

当然、戦力は最大規模だった。それを半壊した戦術騎士団で対処しなければならない。

それでもエドは気にした様子がない。

「運命の女神の壊滅災害は回避した。あとは総当たり戦だ。勝てる見込みがあるだけマシだろう」

前向きというものなのかどうなのか、分からないが。

今すぐにも攻めに行きそうなエドの引き留めの期待もあり、オーフェンはつぶやいた。

「マジクの力が回復するのは待ちたいな」

「お前の組はそれでいい」

「組？」

繰り返す。と、エドは説明した。

「戦術騎士団は先発してカーロッタを攻める。負傷者や、ここの防衛に必要な人数だけは残していく。俺たちが負けたら、使え」

「ただでさえ少ない戦力を分けるつもりか？」

片眉上げる心地で訊《たず》ねる。

エドは薄く、にやりとした。

「俺が強行すればお前は邪魔に回るんだろう？　さすがにそろそろ分かっている。単純にやる気はない。カーロッタ・マウセンは俺も苦手だ。侮らん」

やはりこの朴念仁にも、今度の戦いはそれなりに長かったのかもしれない。

そう思ったが声には出さないままオーフェンは胸にしまった。

エドが出ていって入れ替わりに、マジクが入ってきた。

扉がしまったところで、つぶやく。

「俺たちは敵の奇襲計画をすべて潰して、あとは落とし前をつけるだけ……本当にそうか？」

「疑《うたぐ》り深いですね」

と、マジク。だが言葉ほど、その疑念をおかしいとは思わなかったようだ。陰気な顔で続ける。

「まあここに来てあなたが校長にもどってくれたのはありがたいですよ。クレイリーはもう戦勝気分で、市議会の今後をうかがってます。大勢が入れ替わるでしょうからね」

「復職といっても大統領邸の紐《ひも》付《つ》きだよ」

実際になにかかかってる気がして首を撫《な》でる。

しみじみと話をもどした。

「戦術騎士団を分割するのは、ありかもな」

「戦力が足りないのにですか？」

マジクの反応はさっきの自分と同じものだったが。

それはおくびに出さず、肩を竦《すく》める。

「総力戦をやらないとならない場面では合流するさ」

「既になっていると思いますが」

「俺たちが出遅れる分、わずかだが猶予がある。エドの率いる戦闘部隊がカーロッタのプレッシャーになるなら、こっちは小部隊で別の動きを取る……」

不穏なものを嗅ぎ取って、マジクが顔をしかめた。

「せっかく見えたゴールまでの道順を複雑にする気ですか？」

「同じゴールに着くなら文句はねえだろ？」

「辿《たど》り着ければですよ。野垂れ死ぬんじゃないですか」

「カーロッタは切り札を用意しているはずだ」

「そりゃあ、あるでしょう。でも――」

ぐっと息を呑《の》んで、マジクは間合いを取った。

近づいてくると声をひそめる。

「所詮は年老いた暗殺者ですよ。常に万全なわけじゃない。もはや打つ手もなくなって出てきたものと、ぼくは思いますけどね」

「そのわりには、お前は奴《やつ》に遭遇して一目散に逃げてきた」

「ですから、リベレーターの結界で女神を召喚することがカーロッタの目論見《もくろみ》だったはずです。それは回避しました」

一理あると思わないわけでもなかったのだが。

それでもオーフェンは話を続けた。

「こっちには手駒がない。俺が動きたいところだったが、この部屋にもどされちまった」

また、大統領邸の紐の仕草を見せつける。

ふうと息をついてかぶりを振った。眉間の皺《しわ》に気付いたが、この先当分緩む気もしない。

「はぐれ者がいるな」

「……かつてのあなたのようなですか？」

「お前もだっただろ」

「ぼくはついていけなくて、離反したんです。忘れたんですか？」

そういやそうだったかと、苦笑いを返して。

改めてオーフェンは思い浮かべた。

「既にローグタウン近辺に取り残されている奴はいる」

「ラチェットですか。あれ以来、交信はないようですが……」

「生きてはいる」

「それはぼくも信じてはいますが。でもあの子たちに必要なのは救助ですよ。危険な期待ではなく」

「うちの娘はともかく、マヨール・マクレディに必要なのは手助けじゃない」

「……そうでしょうか？」

疑わしげなマジクに、オーフェンは告げた。

「自分で戦うつもりでいる男に必要なのは、きっかけと、ちょっとした幸運さ」

マジクは呆気《あっけ》に取られたようだった。あんぐりと口を開けてから、顔をしかめて言い返してくる。

「まさか、そんな甘ったるいこと言うんですか」

「驚くことか？　いつもそうだったと思うんだが」

頭を掻《か》きながら、自分でも言うほど確信があったわけでもないのだが。

「冗談で言ってるわけじゃない。状況を考えれば、こっちこそ頼るしかないだろ」

「……具体策は？」

「救助隊だな。表向きは」

にやりとして、肩を竦める。

「お前が指揮しろ。人選は任せる。と言っても、選べるほどの余地もなさそうだが」

「自殺任務ですよ。決戦直前で、危機強度のヴァンパイアが集まるローグタウンに近づくんです」

「無茶は承知だが、エドがうまく牽制《けんせい》してくれているなら、革命闘士側もそう気楽には動けないはずだ。マヨールに会えたら引き上げていい」

「彼を連れ帰る？」

「あいつが望むならな。回収するのはラチェットと学生たちだ。マヨールにはこう伝えろ——鋏《はさみ》は、あと一回使える」

マジクが、ギョッと狼狽《うろた》える。

「まさか、彼が持っているんですか?」

「ああ。結界を壊すために送った」

「それこそ回収して、騎士団が使うべきでは?」

「駄目だ。あれは原大陸の誰にも使わせない」

きっぱりと言うオーフェンに、マジクはますます顔色を悪くした。

「どうしてですか」

「当事者が使うべき武器じゃない」

茫然《ぼうぜん》としているマジクに、オーフェンはまた苦笑した。

「分かってるよ。今さら言うのも変な話だ。魔王術自体が過ぎた武器だからな」

と、真顔にもどって付け加える。

「お前が反対するならやめる。俺が正気かどうか自信がない」

言われるまでもなく危険だ。意味があるかどうかも分からない。

手綱を投げ返すような顔で、マジクは嫌そうに言ってきた。

「そんなもの、ぼくだって見分けられたためしはないですよ」

「残念ながら俺の下で働く以上、自信がないからやらないは利かない。俺がそうだからな」

深々と息をつく。

天井を見上げた。

「このまま単純に勝てるとしてだが、それがどういうことなのかが問題だ」

「というと?」

「単純に勝てば、この先何十年か、開拓村は都市の奴隷同然に生きることになりかねない」

「……校長が、そんなことまで背負いますか?」

ぐったりと肩を落とすマジクに、オーフェンは視線をもどした。とはいえ気持ちは似たようなものだったが。

「それを考えつかないようなら、俺はとっくに大統領邸にも見限られて、今頃リベレーターの手に送られて処刑されてただろうさ。あの大統領夫人は、昔馴染《なじ》みの情なんかで俺を使ってるわけじゃない」

「ほどほどに勝ちたいとでも? 危機強度のヴァンパイアたちをほってはおけませんよ」

「八方塞がりは分かってる。ただの……意地かもしれない」

「意地?」

「娘に問われたことには、必ず答えてやらないとならないのさ。父親は」

ぼんやりと、つぶやく。

意味が通じたかは疑問だが。マジクは諦めたようだった。

「また大勢に責められることになりますよ。前回以上かも」

「そのためにこの椅子に座ってるようなもんだ」

校長室のテーブルを軽く叩いて、虚《むな》しく響く音に聞き入る。

「別に、英雄になりたいわけでもないしな」

窓を眺め、その先の空を見据えて。

なにがあるかは分からなくとも、目先よりは遠くが見たかった。

3

「光よ！」

膨れ上がった光熱波が、牙を剥《む》いた獣の群れを灼《や》く。獣たちはそれぞれが姿も異なる人間の変形の結果だ。人間種族の、神を殺すための因子が質量と性質を変え、怪物のごとき姿へと成り代わっていく——巨人化。

ならば魔術士は。世界に理想を投射する魔術能力は同質にして正逆の脅威だ。

いずれも世界そのものを引き裂く可能性を持っている。いや、破滅の行く末から逃れられないパワーだった。

それがぶつかり合う意味に、いちいち思いを馳《は》せていられるかというと、そんな場合でもない。マヨールは渦巻く熱と爆発が収まらない中でさらに叫んだ。

「雷よ！」

先ほどよりは威力に劣るが、電光が走って灼熱《しゃくねつ》の中を抜け出てこようとしたヴァンパイアのひとりの膝を撃ち、転倒させる。

彼らの大半は炎の中にあっても大きな損傷を受けていなかった——強靭《きょうじん》さか、再生能力か、単にやせ我慢かは分からないが、最大威力の魔術をも乗り越えて殺意を届かせようとしてくる。

立て続けに魔術を連発し、いくら絞り出しても足りない。森は深く、暗い。炎で白んでも行き先は見えない。ヴァンパイアらの数はきりがなく、こちらには助けも……

助け？　マヨールは振り向く。誰もいない。彼はひとりだった。一緒にいたはずの……誰がいたかも思い出せない。最初からひとりだったか？　ひとりでここに来たのか？　ここはどこだ——

ハッと。

飛び起きた。そして途端に衝撃が走って、目の前が再び真っ暗になる。

「うおおおおお……」

激痛の走る額を押さえて、マヨールはまた倒れ込んだ。目が開いたほんの一瞬、見えた顔は……

「な・に・を――」

同じように顔面を押さえながら涙で潤んだ瞳で、

「ぶちかますのよクラァ！」

ようやく痛みが通り抜けようとしていたマヨールの顔を、イシリーンの拳がかち割った。

いや、割れはしなかったが。どうにか意識を取りもどす。

「な、なにが……」

「なにがじゃないわよあんた！　なんか寝言こいてるなと思って様子見たら――」

「イシリーン？　イシリーンなのか。よかった」

「なにがよかったのよ！　鼻折れてたらどうすんの！」

「君がいない夢を見て……」

言いかけて。

彼女の肩を摑《つか》んで、じっと見つめる。そこにいるのを確かめるように。

イシリーンもこちらを見て。気勢を削《そ》がれたのか、ぷいと横を向いた。

「なに言ってんのよ……」

と。

はたとマヨールは思い出した。近くに自分たち以外の気配がある。横を向くとそこに、暗がりからジトッと見据えてくる三対の冷たい視線がある。

子供たちだ。ラチェットが残りのふたりにつぶやいた。

「はい、さいあくって思った人ー」

「はい」

「はーい」

三人で手を挙げ、うなずく。

「賛成多数で可決。最悪でした。最悪です」

イシリーンが慌てて抗議した。

「ちょっと待ってよ。わたし巻き込まれただけよ。被害者。被害者！」

「駄目です。最悪です」

「キー！」

袖を噛《か》んで悔しがるイシリーンだが。

みながいるのは、小屋の中だった。床も壁も天井も古い木材でしっかり囲まれ、窓はない。出入り口は天井にひとつ。梯子《はしご》があるが壊れているし、どうしても梯子がいるほどの高さもない。

地下に作られた、簡単な資材置き場のひとつである。開拓初期頃のものだ。雨に濡《ぬ》れてはならないものだけを入れておくための倉庫で、奥には壷《つぼ》がいくつも転がっている。今は空になっているが、元は食糧でも入っていたのだろう。

ここを知っていたのはサイアンだった。個人の用意した倉庫で、他人に知られたくなかったのか、地図にも載っていない。五人で寝泊まりするのに不便がないとは言えないが、魔術士がいるので補修は楽だった。灯りも魔術で賄える。

もう何日目になったのか。感覚は曖昧だが壁の傷を見ると……四日目らしい。

夢見は悪かったが、起きて幸せになる状況でもなかった。ぐったりとうなだれて、マヨールは言った。

「なんなんだよ。この旅行ノリは」

「クソラブ野郎に言われたくないです」

ラチェットが言ってくる。

彼女を見やって、マヨールは続けた。

「俺たちは敵の総大将からそう離れてないところに取り残されてるんだ。集まってきてる革命闘士のせいで身動き取れないし……」

「ラブ側の人間は苦しんで死ねばいい」

「いや、話聞いてる?」

「性根がラブってるから息がラブ臭いわー」

「どんどん口悪くなってないか、君⁉」

「ストレスです」

淡々と言うラチェットに、どうにも気力が続かない。

「食べ物がないのが問題よねー」

分かりきっていることなのだが、それだけにしみじみと、イシリーンがぼやく。

「この前は、革命闘士から運良くくすねたけど。次はラッキーもそうそう続かないわよね」

「でも、ぶつかったらそれこそもう隠れてもいられないぞ」

「状況を考えると、遠くないうちに戦術騎士団が攻め込んでくるはずですよね」

と言い出したのはサイアンだった。考えてから言い足す。

「ならカーロッタも、戦いを避けてローグタウンを離れるかも」

「それなら最初からここには来ないし、こんな対決ムードにしといて逃げたらいくらカーロッタでも味方に八つ裂きにされる」

希望をあっさり否定したのはラチェットだった。

「全面対決して、父さんたちが勝つ見込みは半々。勝っても負けてもろくなことにはならないだろうけど」

「そうなの？」

「だって――」

話の途中で、めまいを起こしたように頭を揺らして、倒れかけた。ヒヨが横から支えたが。

ラチェットの目が揺れていた。ふらふらしながら、つぶやく。

「うーん。なんかやっぱり、まだ駄目」

「調子、もどらないな」

マヨールが言うと、ラチェットは目を回したままだが声だけは平静に答えてきた。

「それなりの無茶したし、まあマシなほうでしょ」

「…………」

言おうか迷って、結局胸に残す。イシリーンの顔を盗み見た。彼女も感づいてはいるのだろうが。

ローグタウンの結界を破るために、ラチェットもイシリーンも、同調術を行って自我を傷つけるような無理をした。使い魔症だ。

だが数日が経過してみて、イシリーンのほうが明らかに症状が軽く、回復が早い。ラチェットは口にしないが恐らく、自分がより多くのダメージを被るよう仕向けたのだ。イシリーンをかばって。

医者、それも専門医に診てもらう必要がある。本来なら入院もさせるべきだろう。傷が外から見えない分、侮れば後遺症が残りかねない。

「決断しないと。待っていて好転する要素は少なそうだ」

「外に出て、いの一番に出くわすのが手に負えないヴァンパイアかもよ？」

イシリーンは反対したというよりは、腕が鳴るという顔だったが。

マヨールはうなずいた。

「ああ。でももしかしたら……あれが使えるかも」

と示したのは、床の端に立てかけてある一振りの剣だった。

オーロラサークル――と呼んでいいものなのか。かつてケシオン・ヴァンパイアが魔王から受け取ったものとは別なのだから、違う呼び名があってしかるべきだが。

もたらしたのも別の魔王だった。オーフェン・フィンランディが送ってきた魔王の力の先端、〝鋏〟だ。

扱う武器が随分と危なっかしくなっている。それを思わざるを得ない。ラチェットの負傷もそのひとつだ。状況を切り抜けても無傷とはいかない。

犠牲も出た。こんな時、さっさと決断だけ先行させるであろう師の姿は、もうここにはないし、もう二度と見ることはない。敵も全滅させた。リベレーターのジェイコブズ・マクトーンは死んだし、召喚機にいた作業員たちは恐らくあのまま出口もなく、今頃は飢え死にしている。互いに喰《く》い合ってでもいなければだが。

(ろくでもない、か)

ラチェットに言われるまでもない話だった。危うい武器を弄び、悪夢の結末をばらまきながら、かろうじて生き延びている。

もっとも、安全な武器などというのも、どこにあるというのか。

夢見を思い出してマヨールは、陰鬱に息をついた。暗い地下で、こっそりと。

4

エッジ・フィンランディは早足で中庭を突っ切り、なるべく無心でいようと努めてはいた。

肌で感じる差し迫った気配を思えば、容易ではない。戦い、それも決戦の気配だ。なにを感じるかは人それぞれだろう――校内で寝泊まりしている人々の姿を横目で拾っていっても、色々ある。青ざめて噂話《うわさばなし》にも加わらず洗濯をしているのは騎士団の身内だろうか。興奮して勇ましく演説しているのは、学校の後援者らしく見える。落ち着いて、数週間ぶりであろう穏やかな安堵《あんど》を噛みしめているのは……なんだろう。なんであれ結末を見そびれることはなくなったと、ほっとしているのだろうか。

エッジがなにも感じたくないと思っていたのは、不満のせいもあった。これからその抗議に行くのだ。少しでも冷静に見えるようにすべきだろう。ドアを蹴り破って怒鳴り散らしたところで説得力はない。もっとクールに、理を以《もっ》て筋道立てた態度が必要だ。

庭を通り抜け、校舎に入ったあたりでは問題なかった。階段を登っている時も。校長室の扉をノックし、返事のない数秒を待つ間も。

隣の会議室のドアが開いた時もまだ、大丈夫だった。そこからひょいと姿を現した女がエッジを見て、半笑いを浮かべた時も耐えた。と思う。

キエサルヒマの落ちこぼれ魔術士、革命闘士に寝返りかけていたベイジット・パッキンガムが気楽に、こう言ってくるまではとにかく大丈夫だったのだ。

「ああ、アンタも呼び出されたの？」

もちろん、呼び出されてはいない。だからここに来たのだ。

エッジの返事も待たずに手を振って立ち去っていったことから考えると、ベイジットはとうにそれを察していたのだろう。エッジは彼女の出てきた会議室に乗り込んで、真っ先に声を荒らげた。

「どうしてわたしが居残り組なんですか！」

そこに誰がいるのかも考えなかった。もともと、騎士団の実質的な長である父親に抗議するつもりだったのだ。そこにいるのが誰だろうと関係なかった。

会議室にいたのは、マジクひとりだけだった。エッジは彼の座っている前まで詰め寄り、テーブルを叩いた。

「エド隊長の人選は、受けのいい自分の部下ばかりです！　彼は――」

「えこひいきだと？」

いつもの疲れたような薄いため息に、エッジは挫《くじ》かれかけたが。

それで苛立《いらだ》ちが収まるものでもなく、半眼で睨《にら》んで続けた。

「シスタにマシュー、ベクター・ヒーム、いつものメンバーです」

「そう。いつもの手練《てだ》れだ。そんなにおかしいかな」

「どうしてわたしが外されたんですか。わたしは――」

「君は未熟で力不足だ。ラッツベインが起きてこられない限り、使いものにならない」

「でも……」

ぼんやりした眼差《まなざ》しではっきりと言われて、エッジは言葉を詰まらせた。

マジクは淡々と続ける。

「誕生会の招待客で揉めてるような言いぐさだね。敵を皆殺しにして二度と刃向かう者を出さなくさせるくらい虐待することに関しては、エドは私情を挟まないプロだとぼくは信じるよ」

「…………」

今度こそなにも言えず、黙り込む。

同情するようにマジクは笑った。

「彼がぼくをどう見てるかは知らないけどね。こんな時、味方を信じられないのは危ういよ」

言われてようやく、苛立ちの正体が見える。エッジはテーブルから手を引いた。つぶやく。

「みんな、もう戦いの後のことなんかを考えてるんです」

「気に食わないのは、それかな」

「虫がいいっていうか――」

「分かってるよ。気持ちは分かる」

首を振って、マジクはうめいた。

「役立たずは言い過ぎたかな。君にも仕事はある。最後に呼び出すつもりだった」

「今、ベイジットが……」

と出口を指して言いかけると、マジクはうなずいた。

「察しがいいね。彼女には今、話したところだ」

「いつ敵に寝返るか分からない女ですよ」

それを聞いてマジクは、少し驚いたようだった。

「へえ。なら今は、味方だと思っている？」

「揚げ足を取らないでください」

反対しながらも、エッジは付け加えた。

「……父さんはなにかを見込んではいるようです」

「ああ、なら君には愉快じゃないだろうね。でもこう言ってはなんだが、校長の見込みはあんまり頼れるものとも言い難いよ」

「そうですか？」

「なにしろ天邪鬼《あまのじゃく》だからね。信じようと思うと裏切ってくる。今回の件もだ」

うんざりと嘆息しながら、続けた。

「とはいえ筋違いの話でもない。ラチェットの救出は喫緊の問題だ」

エッジは、はっとした。

「ラチェットになにかが？」

「いや、具体的になにかあったわけじゃない。ただ、今になっても消息が分からない以上、彼女はローグタウン近くで足止めをされている可能性が一番高い」

「戦術騎士団が捜索もするのでは？」

「しないことはないだろうが、最優先ではない」

「……もちろん、わたしがやるのに異存はないですけど」

「腑《ふ》には落ちない、かな」

彼の目を見返しながら、エッジはうなずいた。

「父さんらしくはないかな、と」

「本音では自分で飛び出したいだろうけどね。ただ、そんなことをすれば即座にカーロッタの耳にも入るだろうし、奴らの興味を引くわけにいかない裏もある」

「裏？」

「校長は恐らく、マヨール・マクレディを暗殺者に仕立てる気だ」

「……え？」

絶句する。それでもどうにか言うべきことをひねり出した。

「どうしてそんなこと。彼は妹を捜しに来ていて、もうそれはここにいますから――いえそれ以前に、原大陸のことは彼には無関係です」

自分でも半分混乱してだが、なにを言いたいのか分からない。

だがマジクは要点を知っていたのだろう。静かに告げた。

「つまり、無関係な者に動いて欲しいんだ」

「どうしてですか。わたしたちは――」

「校長は怖じ気《おけ》づいてる」

マジクの口からそんな言葉が出てきたことに、エッジはさらにたじろいだ。混乱しているうちに彼は続ける。

「戦いの後のことを考えてるのさ。多少皮肉に笑みを浮かべて、今回の戦いの一番の損失は、我々の活動を隠蔽できなくなったことだ。今後の体制を大きく変えてしまう。元にはもどれないんだ」

「そんなのは……負けるかもしれないのに」

「負けるなら悩みはない。もし勝ってしまった場合の問題だよ」

「そんなの――」

また言葉が尽きた。今度こそは、頭に血が上ってなにも言えない。

テーブルに叩きつけようとした拳すら、言うことを聞かなかった。ゆっくりと下ろした手に――驚いたが――そっと、マジクが触れてきた。

〝マジクおじさん〟は、姉妹全員、生まれた時から知っている。

家族も同然だ。というより血縁だと勘違いしていた。やがて彼の立場は姉の師匠になり、魔術学校の教師となり、しばらく前、戦術騎士団随一の魔術戦士、ブラディ・バースであったことを知った。

目まぐるしく変化した彼だが、その目を見て、変わったのは自分の見方であって……彼自身は今もマジクおじさんでいないわけではない、と思う。

「彼がかつてしたことだ。校長が……ずっと昔に」

優しい手つきで、マジクは続ける。革命闘士を殺戮してきた手にもまだ許されている程度の優しさだ。

「貴族連盟やらなにやら、キエサルヒマのすべてがさせた。どことも知れない流れ者が手を汚してそのまま消えてくれるのが、全員にとって一番いい」

「許せない。止めます！」

部屋を出て、隣の校長室に行こうと——

したところで。マジクの手が、エッジの腕を掴んだ。

痛いほどに。そして、

「校長は、人選はぼくに任せると言った！」

声の強さに、動けなくなった。

彼は続ける。

「動けそうな人材を探せば、君になる。ぼくが君にこの話をするのも分かっていたろう。こんなことを、君が怒って怒鳴り込んできたからと翻せる程度の覚悟で決めたというなら、ああ、ぼくがとっくに彼を叩きのめしてる」

「…………」

彼が手を放したが。

エッジはそのまま、動かなかった。

力なく訊ねる。

「ベイジットはこれを呑んだんですか？」

「ああ」

「彼女だって従う謂《い》われなんて――」

「望んで行くくらいの意気込みだったよ。兄を心配しているようだった」

それについては、エッジは疑わしく感じたが。

なんにしろマジクはベイジットに興味もないのか、さほどこだわりもしなかった。

「ぼくから君への指示としてはだ。まず、断れ。そしてこの話は忘れろ」

トントンとリズムを取るように、指で机の端を叩いているのが見える。いつだってもっさりしている〝マジクおじさん〟の、ぎりぎりの怒りの表現なのかもしれない。

「ラチェットの救助は、ぼくらのほうでどうにかする。キルスタンウッズに頼る手だってないわけじゃない」

「…………」

振り返って見回した。マジクの指の先に、騎士団が連日詰めて乱雑に散らかった会議室、自分の爪先、窓の外の平穏さ、ほんのしばらく前には革命闘士に攻め込まれて敵味方の死体が散乱した名残《なごり》の暗い気配……

目に入ったからというより押し寄せてくるように、その全部を味わった気がした。覆われているのだ。目隠しのように。

その覆いを取る。そんな心地でエッジは告げた。

「行きます」

「……本気か？」

まるで予想外というわけでもなかったようだが、マジクはうめいた。

同じく、うなずくほどには前向きでなくとも、エッジは続けた。

「シマス・ヴァンパイアを追っている時に、少し話をしましたよね。勝っても負けてもわたしたちに未来はあるのかって」

「これがその答えだと？」

「いいえ。でも……前に訊いた時、父は逃げたんです。でもそれはきっと、答えればわたしが逃げると思ったから。今度は違う」

苦笑して言い足す。

「こういうことなんでしょう。都合のいい答えなんかなくて、ただ、やることをやるっていうだけ」

「危険な任務なのは言うまでもない。特に、ラッツベインの同調術なしで魔王術の使えない君は――」

「わたしを侮らないでください。今だって、マジクおじさんを四度は倒せますよ」

言って、彼のきょとんとした表情を見てから、笑った。

「カーロッタなら八度は倒します。わたしだって、そろそろ一人前になりたいですから」

そして、部屋を出ていった。

不思議と動揺は収まっていた。なにがという理由は思い出せないが。

正直に言うなら、ほっとしていた。

危険な任務だ。そして汚い話だ。そうでないとしても、困難な綱渡りで自分がすべてをふいにしてしまうかもしれない責任も。

だがそれでも、父は自分に託した。

5

ラチェットとサイアン・マギー・フェイズ、魔術戦士の遺児ヒヨ・エグザクソンと、あとキエサルヒマからの魔術士三名というのは、本来なら最優先の救出対象になっていても不自然ではないだろう。そうならなかったのは単純に、戦術騎士団の苦境を反映している。革命闘士の首魁《しゅかい》、カーロッタとの戦いを前にして騎士団の戦力に余裕はない。エッジにしても、いざ決戦となって呼び出されれば応じないわけにはいかない。

（つまり救助は、もしかしたら半日後にも打ち切りになるかもしれないわけね……）

準備に時間はかけられない。もとより声をかけられる仲間もいない。姉はいまだ意識混濁して医務室だ。

移動は馬車ではなく、徒歩でということになった。ローグタウンへは馬車で一、二時間。徒歩なら一日というところだ。

市内には依然として、魔術士と市民の対立の空気が色濃く残っている。また、革命闘士も完全に市から引き上げたかは定かではない。目立たないよう街を抜け、そのままローグタウン方面に向かうつもりでいた。

「ンデ、ひとりで行くワケ？」

まだ学校からも出ていないところで、一番聞きたくない声に呼び止められた。

エッジは振り向いた。いわゆる魔術戦士らしい装備はすべて置いて、エッジは珍しく私服だった。街の外に出るので多少、厚着はしている。武器の類はない。家のあった場所に帰るのに不安になるのは奇妙ではあるのだが、今やローグタウンは革命闘士の集結地だ。

学校の中庭には避難民もいて人目を引くため、校舎の裏手、死角になっている片隅からこっそり出ていくつもりでいた。外壁がまだ直せていない箇所だ。

ベイジットはもとより普通の格好といえるが、実は母がエッジの古着を何着か彼女に与えていて、今日の格好は見覚えがあった。さっき会った時は違う服だったので、これはまたわざとなのかとも思う。ただそれならなおさら反応した素振りは見せられず、エッジは淡泊に言い返した。

「別に、誰を連れて行けとは指示されてない」

「ンー、それで困らないってわけダ。本気で？」

「わたしは魔術戦士よ」

冷たく告げたが――

「それは俺もだ」

と、ベイジットの後ろから、スティング・ライトが声をあげた。

うんざりだ。とは思ったものの、苦い視線で見返すだけに留《とど》めた。スティングは自覚があるのかないのか、ベイジットの監視役だったはずが今ではすっかり彼女の取り巻きのようだ。

（クソガキが）

エッジは思ったものの、ほっておいた。彼はラチェットの同級生で、名前は何度か聞いたこともある。まあそうでなくとも、戦術騎士団のいけ好かない魔術戦士、ビーリー・ライトの息子ということでおおよそ想像通りの輩《やから》ではあった。ただひとつ違うのは、ビーリーよりも遥かに馬鹿だということだ。

取り巻きはもうひとりいて、こちらはよくは知らない。確か、ビィブとかいう少年だ。言っていることが本当なら革命闘士に加わっていたらしいが。

ふたりを後ろにして、ベイジットは眉を上げる。

「でもアタシらは困ってるんだよね。ドー考えても戦力不足ってやつでサ。ローグタウン近くに詳しくもないし……」

「あっそう。なら、ここで大人しくしてたら？」

嫌味ったらしい顔を見ていると、マヨールの妹だというのがいまだに信じられないが。もっとも逆に、自分の姉や妹たちを考えると、兄妹《きょうだい》だから似たところがあると思うことこそ馬鹿げた先入観かもしれない。

無視して行こうとすると、ベイジットが言ってきた。

「ハクジョーモノー。そーいうのって、結局アンタ損よ？」

苛ついて、ついまた足を止めてしまった。

絶対に振り向くなと己に命じるより先に、ベイジットが続ける。

「今度会った時にあんた困ってタラ、その時は――」

「どうするわけ？　見捨ててもらって結構」

「チッガーウヨ。アタシらが助けちゃうワケ。そしたらさ、アンタはどうやって礼してくれるツモリ？」

「…………」

今度は、気の利いた皮肉を思いつけないでいる間に、ベイジットはさっさと話を続ける。

「あんたさ、ウブよ。ツマンナイ手数料気にして、大金取り逃すタイプだよネ」

エッジは嘆息して、回れ右した。

「どうやって挑発しようとあなたとは行かない。信頼できない奴と組んで負債を肩代わりさせられるのはごめんなの。タイプでもなんでもない、常識の話よ」

きっぱり言い放ってその場を後にした。

そんなものだった。大仰な見送りももちろんない。目立つためにできないというのもあるが。無論、この出発自体が誰に対しても秘密だった。母にも話していない。父が言っているかもしれないが。

そろそろ日が暮れる頃合いか。暗がりに頼るようにひとけのない道を選び、進んでいった。リベレーターの攻撃もあって荒れた街中を、火事場泥棒のような連中までうろついている。ただエッジが警戒したのはそれよりも、反革命闘士の気炎をあげている義勇兵気取りの者たちだった。サルア市長が呼びかけた、市の防衛隊に入った奴らはまだいいが、それに入れなかった者の中には、諦めきれず独自に自警団を作って街を巡回している者も多いらしい。問題は、それら雑多な市民団は市長の指揮下にもいないので、方針も目的もばらばらということだ。目についた相手を革命闘士のスパイだと決めてかかって私刑にかけたという話も、早くも出回っている。また逆に、反魔術士に回っているケースも少なくない。

緊張感の中、街を出た。灼けるような夕日を地平に見ながら、次は街道を目指す。これから警戒するのはカーロッタの斥候や、集まっているという革命闘士だ。それでもベイジットほどには不快ではない……恐らく。

目的地までの道も距離も、そもそもがピクニック程度だ。しかし危険度は極めて高い。アンバランスな旅になりそうだった。

手がかりはない。

成り行きを考えれば、ある程度の範囲は絞れる。結界が破壊された時、ラチェットらはローグタウンにいた。結界の発生によって革命闘士たちはローグタウンに集結する動きを見せていたが、破壊と同時にカーロッタが村を包囲、占領した。

ラチェットが姿を見せず、また捕えられていないのなら——これだけのＶＩＰの一団を革命闘士が手中に収めたなら宣伝しないわけもないだろう、と仮定してだが——あり得るのは彼女らがどこかに隠れて、しかも身動きが取れない状況にあるということだ。革命闘士の巡回範囲を探れば、それがほぼイコール、隠れ場所のある範囲となる。

（可能性……か）

歩きながら噛みしめる。

任務において、可能性は病だ。考えればきりがなくなる。獣じみたヴァンパイアはラチェットを殺して、カーロッタにも誰にも報告していないだけかもしれない。カーロッタが配下を統制できていない可能性、カーロッタ自身が正気を保っていない可能性、ラチェットが寝返った可能性だってないとは言えない。星になって空に昇ってピンクの馬や妖精を降らせている可能性すら。それが可能性だ。

現実的にどこかでそれを絞るのだが、想像力の制限に根拠などない。予想外の出来事とは、あり得ないと単に制限した範囲にないというだけのことだ。今も妹がバケモノにずたずたに嬲《なぶ》られたなんてことを思いながら冷静でいられるのも、現実的にはないだろうと本音では思っているからだった。ラチェットは、認めたくないが故に認めていると自覚せざるを得ない現実として、馬鹿ではない。ウスノロのヴァンパイアに後れを取るとは思えず、賢《さか》しい革命闘士なら、魔王の娘を利用もせずに死なせることもあるまい。

マヨールもついている。

マヨール・マクレディ。あとついでに……婚約者だとかいう、なんとかいう女。及びふたりの師、イザベラ。キエサルヒマの三人は、いずれも一流の魔術士だ。特にマヨールは、あの騎士団崩壊の日、シマス・ヴァンパイアを相手にひとりで動きを封じる手際を見せた。あんな真似は騎士団の上位の魔術戦士にもできる者は少ないだろう。

正直に――胸中のつぶやきだから仕方なく認めるが――エッジにはまず無理だ。ブラディ・バースなどに指摘されるまでもなく、姉が回復しない今、自分は戦力としては頼りない。ならばせめて機敏に、明敏に行動しなければ。

（わたしだって、魔王の娘なんだから）

夕日を背に、足を前に運び続けた。

ローグタウンの周辺には、他にも村がいくつかある。

騎士団の偵察の結果、ほとんどの村からは人が消えていると分かっている。恐らくはリベレーターの仕業だろう。

身を隠すには丁度いい。村のひとつが視界に入って、エッジは森に身をひそめながら近づいていった。もう夜だ。気配でひとけを探る。少なくとも数名以上の集団がいなければ、革命闘士が根城にしている可能性は低い。

探索に時間はかけられなくとも、基地を確保しておきたかった。空き家に目星をつけながら村に入っていく。ラチェットたちに負傷者がいる可能性も考えて、ベッドの数がある家がいい。必然的にそれなりに大きい家だ。当然、目立たないほうがいい。

奥まった静かな場所にある医院――悪くはないが、真っ先に目につくだろう。中に入って医療品や包帯など物色してから、外に出た。村長の家らしき大きい屋敷も見つけたが、やはり目立つ。

何軒か不法侵入した後、家族住まいだったのだろう農家に決めた。地下室もあって、ワインや保存食が少しだけ残っていた。さっきの医療品もまとめて、物陰に隠し直した。地下室の入り口自体も絨毯《じゅうたん》と家具で塞ぎ、二階の寝室で休憩を取った。

身体を横にして、また考えを巡らせる。

まだここまで、革命闘士とは遭遇していない。報告を思い出して、シスタやマシューはもっとずっとローグタウンに接近したはずだ。もっと先に進まなければ話になるまい。

いくつかの選択肢がある。革命闘士と接触して情報を得るか？　それでも足で探すことは避けられない。痕跡を見つけるには本当に、ローグタウンに侵入するくらいの危険を冒す必要もあるだろう。あるいは、ラチェットと思念の交信を試みる可能性もないではない……

（可能性、可能性、可能性、か……）

不確かな波の中を泳いでいるような心地だった。

今さらながら痛感するが、魔術戦士になってからシスタの指導につきまとわれ、姉と行動させられたのは楽だった。自分だけだと判断の偏りが分からない。姉くらいの馬鹿者でもいいから、せめて相談相手でもいれば。

「………」

嫌な顔が過《よぎ》りそうな気がして、考えるのをやめた。駄目だ。そこだけは後悔したくない。ベイジットを突っぱねたのは、なにがどうあろうと正しい判断だった……はずだ。

〝それが偏ってるっていうんでしょ〟

姉の返事が聞こえた気がして、片目だけ開いた。

交信が回復したのか。とも思うが、違った。気のせいだったようだ。

仮眠を取って、村を出た。先に進んでまた別の村を見つけ、同じことをする。

地形と、使えそうな家を頭に入れておく。この村では医療品も食糧も見つけられなかったが、小さな森に囲まれた具合の良い隠れ家を確保した。

一休みすると夜が明けてきた。

再び考える。日中も進むか、ここで日暮れを待つか。

後悔へのあてつけでもないが、あまり迷わずに決断した。すぐに家を出て先に進んでいく。

頭の中で一応、偽装の身の上を考える――戦闘が始まる前に家の様子を見に来た村人あたりか。もっともカーロッタとは既に面識があるし、戦術騎士団のエッジ・フィンランディの顔を知っている革命闘士は多いだろう。下手に嘘《うそ》をつくよりは逃げるか、交戦したほうが良さそうだ。

日が完全に昇って、昼前にまた少し休んだ。ローグタウンへはあと十キロというところか。乾燥パンを少しと干し果物を口に入れた。美味しいものではない。初日くらいはまともなものを持ってきても良かったのだろうが、行先を言わないまま母親にサンドイッチを作ってくれと頼むのも気が引けた。自分で作ると、単にパンにハムを挟んだものになって、携行食とあまり変わらない。なんの違いがあるのかはいまだによく分からないが、母が作らないと駄目なのだ。

〝まだ馬鹿っぽい甘えっ子だからじゃない〟

また聞こえた。今度は妹の声だった。

「………」

さすがに、気にせざるを得なくなる。本当に交信が回復したのか――だが姉とはともかく、ラチェットとは思念が通じたことはない。

しかも一方通行だった。通常、思念会話は気を抜けば感情しか伝わらないような、曖昧模糊《もこ》なものだ。言葉だけが整然と伝わるようになるのは、むしろ難しい。そこは肉声の会話と正反対だった。言い捨てられて相手が誰かもはっきりしないのは、違和感がある。

周りを見ても誰もいない。この状況下で妹が悪戯《いたずら》を仕掛けてくるとは思えず、そうなるとやはり、空耳なのか。

と。

空気を察した。ひとけもなかった森の中だったが。獣の立てない音が耳を掠《かす》めた。

まだ遠い。恐らくは、木の幹に金属のなにかが当たった物音だ。誰かが武器を持って、この森を通ろうとしている。

「我は駆ける天の銀嶺《ぎんれい》」

エッジは囁《ささや》いて、木の上まで跳び上がった。木の枝に乗って見回す。物音は……近づいてくる？

いや、はっきり分かって接近してくるわけでもない。たまたまこちらに向かっているだけか。ひとりではない。

耳を澄ませて話し声を待つが。それはない。黙って進んでいる。革命闘士の巡回と考えるのが妥当だろう。

カーロッタの〝オーロラサークル〟は危機強度のヴァンパイアの集まりだ（父親のつけた悪趣味な呼び名はあえて無視した）。ひとりで対抗するのは厳しく、また魔王術の使えないエッジには決め手がない。

一方で、カーロッタの出現を聞きつけて集まってきた末端のはぐれ闘士たちなら付け入る隙はある。うまくいけば情報が得られるかもしれない。

見定めたい。木の上からまた重力中和を繰り返して、別の枝に飛び移る。音は立てずに移動した。呪文の声も音声相殺術で殺し、細心の注意を集中して保つ。

のだが……

枝の上から足を滑らせる音を、はっきりとエッジは聞いた。

どささっ！　と。激しい音を立てて、なにかが地面に激突する。わけが分からなかったのは、エッジは落ちていないということだった。目を見開いて振り返る。

誰かが背後にいたのだ。それが枝から落下した。

「いたーい！」

その女は地面にひっくり返って大声をあげた。長い金髪で顔はよく見えない。声は大人のようでも子供のようでもある。格好からすると、普通の村娘という様子だったが。

「誰かいるぞ！」

別の声。男の、野太い声音だ。数人が返事して走り出した。重い足音。金属で武装している。

「なんで！」

思わず、エッジは罵った。いきなり現れた女には聞こえなかったようだが。

「あー、もう。やだー」

立ち上がってお尻をはたいている。

「うざーい。運悪ーい。もうみんな死ねばいいー」

(殺されるのはあんたよ！)

次の言葉は呑み込んで、エッジは改めて状況を把握しようとした。敵はすぐに殺到してくるだろう。下の女に気を取られるだろうから、ここに潜んでいれば一発目は不意打ちが仕掛けられる。

（あるいは……）

潜み続けるか。彼女を見捨てて。

そんなわけにもいかないが、死ぬわけにもいかない。持ち時間は限られて、揺れる衝動で生死を決めなければならない。が。

彼女が手を上げた。ように見えた。さっとこちらに向けて制止するように。

同時に剣を掲げた男が飛び出してきた。

革命闘士だ。

お前は誰だ、と言おうとしたのだろう。その口の形が見えた気がする。

だがエッジが実際に見たのは、その首が吹っ飛ばされるところだけだった。

「我は放つ光の白刃《はくじん》！」

白い光が一撃で首をもいだ。さらに続けて木の陰から現れた新手は、誰何《すいか》もない。手投げのナイフを振りかざして、その女を狙う――

女は当然、それを迎撃するものと思えた。しかし違った。彼女はまた魔術を放ち、ナイフ男のさらに後方にいた別の男を撃ち抜いた。そちらの男が構えていたボウガンから矢が放たれ、ナイフ男の首に刺さる。

さらにもうひとりが現れた。これが最後か。この男は走りながら四肢をタコの足のように変形させ、変貌しようとしていた。どれくらいの強度かは分からないが、重度のヴァンパイア症だ。

女がそちらに指先を向けると、突然、ヴァンパイアの動きが止まった。

空間に張り付けられたように。女は唱えている。長い呪文。魔王への詠唱を。

「霧の中へ霧の外へ霧の輪へ霧の渦へ。夢より覚めた鯨の夢、声をなくした鳥の声、失われた者の物語の語り、お前はいない、お前を見た者は誰もいない――」

魔王術だ。偽典構成が広がり、周囲を侵食して埋めていく。

ヴァンパイアは即座に消え失《う》せた。ただひとつ、墓標となる名前の記憶だけを残して。

この世界から消し去られた。

「…………」

ただ唖然《あぜん》として、エッジは身じろぎもできないまま、彼女を見つめ続けた。加勢どころか理解すら追いつかない。彼女はもちろん、戦術騎士団ではない。何者かまったく覚えがない。いや、

（……待って）

女が振り返り、髪を押さえるような格好でこちらを見た。死体の転がる最中にあって、動作は優雅だ。

「ずっと見てるだけではいられないんだから、来ればいいのに」

彼女ははっきりと、そう言った。

言われるがままエッジは飛び降りた。間近で見て、彼女が何者か――分からないのだが、認識に引っかかる違和感に喉をつつかれる。

似ているのだ。最初は、姉かと思った。意識が回復して追いついてきたのかと。動作と声は、やや似ている。だが別人だ。

妹にも似たところがある。幼いようで生意気で、居丈高だ。ラッツベインとラチェットが半分ずつ混ざったような印象というのが一番近い。

「誰なの……」

と言いかけて、思わず身体が竦んだ。さっきの革命闘士たちがたちまちに殺されてしまったのは、それを訊いたせいかと思ったのだ。

「違うわよ」

女はあっさり首を振った。

「あなたが殺されるから助けた。別にいいでしょ？」

「ええと……」

どう言えばいいか分からず、エッジは言葉に詰まった。

だがそれで分かったのは。この女はこちらの考えまで先読みしている。これはラチェットの癖だ。

同じくまたそうして、女は先を続けた。

「誰でもないわよ。わたしは。会ったことはない」

「魔術戦士では、ないわよね」

「そうでないのは分かってるのに訊くの？」

女は少し、苛ついたようだ。顔をしかめて、

「時間が限られてるならそれを無駄にしたし、時間が限られてない時なんてない。まあ、これ言ってるわたしも無駄ね」

「悪かった。要点を教えて。訊かなくても答えられるんでしょ？」

「そうね。でも、手抜きな感じね」

我儘《わがまま》に肩を竦めた。

「じゃあ言いたいことを言う。まだ足りないの」

「……なにが？」

「あなたが。わたしの中に」

「中？」

「そ。デザインが欠けてる。これじゃ勝てない」

「要点過ぎる。分からない」

音《ね》をあげるエッジに、彼女はますます眉根を寄せた。お互いしかめっ面で睨みあって、女がうめくのを聞かされる。

「どうなの、それ。どうすればいいの」

「分からせて。わたしに」

胸に手を当ててエッジが言うと。

鼻で笑われた……というほど露骨にではないが、気配ははっきりと伝わってきた。

「だいたい分かってるはず。でもそれを分かったと置き換える言葉がないだけ。それをあげる。わたしはネットワークから合成された人造人間」

それを一気に告げてから、きょとんとしたような表情で付け加えた。

「名前は、なにがいいんだろね……あなたつけてよ」

こういうことが起こるのだから、常識の予想は虚しい。

6

咄嗟《とっさ》に――
エッジは半身を翻すと、手刀の爪の先で合成人間の眼球を狙った。

傷つけられずとも、一瞬でもまぶたを閉じさせればいい。だが合成人間は不意打ちにも動じず、ほんの数ミリ頭を逸《そ》らしただけで爪をかわした。

そのままエッジは体勢を下げ、もう一方の腕で足を払おうとした。頭を反らせば重心はかかとにかかって反応は遅れる……はずなのだが、相手は読み切ったように片足を上げ、逆にエッジの肩に足を乗せた。

蹴ったわけでもない。ただふわりと乗せただけだ。エッジが摑もうとするとそこから跳び上がって後方に退いたが、その体重すら感じない。

遠ざかった間合いを詰めて、エッジは拳で猛襲した。合成人間はまた軽くかわしてみせる。反射神経ではない。素早さでもない。単発の攻撃はすべて出方を先読みされている。ダッシュして縮めたはずの距離が、気がつけば最初以上に開いていた。合成人間が笑みを漏らす。

「倒したいわけではないね。スペックを確認している。わたしの」

「…………」

そう自覚していたのではない。が、言われるとそうだったように思えてくる。

エッジは身構えた。本気でかからねば到底太刀打《たちう》ちできない。気を落ち着かせようと言葉を放つ。

「敵かもしれない。ヴァンパイアが――」

「だから魔王術を見せたの。彼らにはできないことをね」

言うことすら先読みして、合成人間はヴァンパイアの消滅跡を指し示した。

「次はなにを知りたい？　ああ、そうか。姉妹のことね」

「ラッツベインが起きないのは、あなたのせい⁉」

言われた通りのことを口にするのは口惜しかったが、だからといって避けられる質問でもない。

合成人間は首を横に振った。が、すぐにまた縦にも振った。困ったような顔で。

「イエスともノーとも言える。同調術の失敗がわたしを生んだのは間違いない。でも失敗はわたしと関係ない」

「あなたを消せばラッツベインは元にもどるの……？」

「だから関係ない。と言っても、あなたは信じないのよね」

「このっ！」

ステップして蹴りかかる。だがそれもあっさりかわして、合成人間は肩を竦めた。

「ほら信じない」

「人間合成なんて──」

手を止めて、というより止めざるを得なかったのだが、エッジはうめいた。

「聖域が天人種族の装置を使っても簡単にはできなかった、大魔術でしょう！」

「そうね。あなたはみっつ侮ってる」

「侮ってる？」

「ラチェット・フィンランディは不世出の白魔術士よ。魔王術士としてのラッツベインもね。みっつ目は残念ながらあなたじゃないけど」

くすくすと嫌味に笑って、続ける。

言い出した時には真顔だった。

「みっつ目は魔術自体がどれほど危険な玩具《おもちゃ》なのか、っていうところかな。些細《ささい》な可能性を現実のものにしてしまう。力が足りないからできないことも、いつか手を届かせて」

「なんのために出てきた！」

叫ぶエッジに、彼女は呆《あき》れた様子で手を振った。

「噛み合わないわねー。わたしが望んで出てきたみたいじゃない」

「……違うの？」

「現出するまでは存在もしてないのに、どう望むの？」

「現出……あなた、神人？」

「それも突拍子もない話ねえ。仕組みは同じだけど」

言うなり、くるりと背を向けて、合成人間は歩き出した。

「じゃ、行きましょ」

「え？」

ついていけずにうめくが。

彼女は振り返りもしなかった。

「わたしがいれば、ラチェットの居場所も分かりそうって思わない？」

「…………」

こうなると、止められもしない。疑いながらもエッジは後を追った。

横まで追いついても合成人間は気にしない。それでも飛びかかればまたさっきのようにあっさりかわされるのだろうか。

どうにか落ち着いて観察した。合成人間は、ラッツベインにもラチェットにも似ている――髪の色以外は。合わせて、一番近いのは母かもしれない。だが母は魔術士ではない。

魔術の癖はラッツベインが近いのだろうか。少なくともエッジに見て分かる範囲では。ただ魔王術の手早さと安定の度合いは比較にならなかった。契約触媒も見た限りでは分からない。ヴァンパイアを消し去るほどの術をまったくの代償なしで仕組んだのだとすれば、ブラディ・バース以上だろう。

頭痛を覚える。足元がひっくり返ったような心地だった。こんな化け物のような術者が……突然合成されてしまうなんて。

合成人間について、エッジはあまり詳しくは知らなかった。父の話では確か、三例があったと言っていた。と思う。すべて違う術者が合成した。

最初の人間合成例は天人種族のかつての聖域の主、シスター・イスターシバが二百年前の魔術士を分解して近年に再構成したとか……退屈な話だったので名前は覚えていないが、なんとかいう男だ。ふたり目は貴族共産会の白魔術士たちが聖域と渡り合うために造り上げた人造の白魔術士、アルマゲスト・ベティスリーサ。この人物は父と共闘して召喚機を動かしたとかで、覚えている。

最後に、聖域が召喚機を動かすために合成したとかいう……これも覚えていないが。失敗例だったはずだ。

そういえば最近にもあった。魔王スウェーデンボリーがヴァンパイアを変造した、複製の天人アイルマンカー。リベレーターはこれを結界と、召喚機を動かすために用意していたらしい。こう考えると人間合成は、もっぱら召喚機のために造られてきたと言える。

今はもうその召喚機もない。いや召喚機はまだローグタウンにあるのだろうが、マヨールがアイルマンカーを滅ぼしたので機能しない。なんにしろ誰にも意図されず生まれてきた合成人間は、これが初めてだろう。

(話を信じれば、だけど)

ラチェットから話が聞ければ、もっと分かることがあるかもしれない。

「その前にまず、わたしに訊けば？」

いきなり彼女に声をかけられても、もはや驚きはしなかった。

この合成人間は未来を予測するのか心中をのぞくのか、とにかく練達した白魔術士なのだ。それは認めざるを得ない。

「なら、訊ねるけど」

半眼でエッジは問いかけた。

「あなたはどれくらいの魔王術を仕組めるの？」

「わたしが完成すればカーロッタの一味なんてまとめて片づけられる。知りたいのはそういうことでしょ？」

あまりにあっさり言うので、自信なのか過信なのかも分からない。

エッジが二の句を継ぐ前に、彼女は馴れ馴れしく肘でつついてきた。

「都合が良過ぎて気持ち悪いって思ってる？　よねー。分かる分かる。合成人間に接すると、凡人はみんなそう感じるの」

「わたしは――」

「凡人じゃない？　あらそう。ま、どうでもいいのよ。ところで名前決めてくれた？」

心が読めるなら答えも分かっていそうだが。エッジはうめいた。

「自分で決めればいいでしょ」

「名前ってそういうもんじゃないでしょうー。分かってないわね」

「そう。じゃあクソ虫――」

「マルカジットがいいかな。ダイヤでも黄金でもない。ちょっとしゃれがきいてるでしょ？」

クソむ――マルカジットは飄々《ひょうひょう》と進んでいく。

エッジは質問を続けた。

「あなたは敵なの？　味方なの？」

不意に。

ぴたりと、マルカジットは足を止めた。振り返ってくる。そこには挑発するような笑みも、温和なにやにやもない。真顔だった。夜明けの瞬間の、静かな湖面のような、まっさらな表情だ。

「な……なに？」

つい気圧《けお》されて、エッジはつまずきかけた。後ずさりする。

マルカジットの発した言葉は冷たかった。

「どうして敵だと思うの？　あなたを助けて、説明して、一緒に歩いてる。疑う意味があるの？」

「それは……」

胸中のモヤつきを口にしようにも、確たる形は分からず、エッジは口ごもった。

確かに合成人間の言ったことは正しい。なにがいけないのか、まずい要素はひとつもない。歓迎しない意味がない。

だが。

そうできない理由も、影となってつきまとうのだ。形はなくとも。

はっと気づくと、マルカジットはまた歩き出していた。にこにこして、鼻歌まじりに。

「お腹《なか》が減って、空を見上げて、パンが落ちてきたら」

歌詞のようでもあったが、話の続きなのだった。くるりと回って彼女は続ける。

「食べればいいのよ。不思議でもね。そうでしょ？」

「……………」

反論はしなかったが。

影の正体は、ほんのわずかに見えた気はした。出発前に聞かされたベイジットの話を思い出したからだ。似ている。

気に入らないというだけならまだいいが。

魅惑的で筋が通っているのが問題だ――納得したくなってしまう。

(姉さん……ラチェ、聞こえてるならなにか言って。お願い)

エッジは思念で繰り返した。

(まずいものが出てきた……んだと思う。なにがまずいのか分からないけど。助けて。わたしたち三人いないと、こいつ倒せない。きっと!)

恐らくその思念も察してはいたのだろうが、マルカジットは聞こえた様子もなく、上機嫌にスキップしていた。

7

〝鋏〟を手に、地上への蓋を押し開ける。

ゆっくりとだ。慎重に隙間から様子をうかがい、周囲に気配がないことを確かめる。もしくは祈る。

蓋を完全に押しのけて、マヨールは地上に身を乗り出した。続けてイシリーンが。ふたりが警戒する後を、毛布にくるまれたラチェットを抱えて、サイアンとヒヨが出てくる。

意識のないラチェットを抱え上げているのはほとんどヒヨで、彼女は身体能力を魔術で強化する珍しい術を体得している。他の三人は食糧や荷物などを分担して持っていたが、そもそもそんなに量はなかった。ことに食糧と水は。

「昼だったのね……まずくない？」

森の中ではあるのだが、周りは明るい。

枝々の上にある太陽を見上げてイシリーンがぼやいたのだが、マヨールもため息をつきながら答えた。

「仕方ない。ラチェットがまた起きるまで待ちたかったけど、ますます眠りが深くなってしまったみたいだ。裏目に出た」

「昏睡《こんすい》状態かもね……」

子供たちには聞こえないように、イシリーンは小声でつぶやく。

マヨールも同じトーンでうなずいた。

「切り抜けるんだ。ラポワント市へは、何日もかかる距離じゃないんだし」

幸いにも、土地勘のあるサイアンもいる。革命闘士さえ避けられれば——あるいは退けられれば……

気負いに肩すかしをかけるように、しばらくはなにごともなかった。

サイアンは地図もなしにおおまかな地形から方位を見切ってみせたが、かなり見立ては厳しかった。ローグタウンからの脱出は無我夢中だったが、位置関係からするとラポワント市から逆方向に出てしまった。もっと進めば湖のある側、湖の向こうにはカーロッタ村があるという配置だ。ラポワント市に向かうには、ローグタウンを迂回《うかい》する形になる。

「北に進んで、離れたところで西を目指すのがいいと思います。かなりの遠回りですけど……北側は叔母《おば》の縄張りなので革命闘士が動きづらいはずですし、いざとなったらそっちを頼る手もあります」

「なんのこと?」

問うイシリーンに、答えたのはマヨールだった。

「キルスタンウッズのことかな。原大陸の――」

ギャングだ、と言いそうになって、サイアンの目を気にして濁す。こちらで勢力を持っている開拓団で、まああまり評判の良くないものではあるようだが、身内なら受け入れてはもらえるだろう。恐らく。

「最初から西を目指したほうが良くない? 戦術騎士団が陣地を作ってるとしたら、そっちでしょ」

イシリーンの提案はいかにもリスクが大きいが、ラチェットの心配をしているのだろう。

マヨールもしばらく考えたが。これは穴蔵にこもっている間にもずっと検討していたことではある。

「やっぱり難し過ぎる。情勢はデリケートだろうし。最悪、俺たちが騎士団の敗因になってしまうかも。人質にされることもあり得るしね」

「あのエド・サンクタムが人質取られて動揺すると思う？」

「どうかな。分からないけど、それがどっちだったとしても、俺たちにはろくな結果じゃないだろ」

「まあ、そっか」

現状、原大陸の騒乱がどういう情勢になっているのか。ローグタウンの結界に閉じ込められていたマヨールらには分からないことも多かったが、予言にも似たラチェットの分析に頼っていくらか把握していた。

彼女が見立てたのは全面的な戦争だった。混乱をもたらしたリベレーターが壊滅したことでかえって、住民たちが完全な決着を望む。これまでは膠着《こうちゃく》状態だったものがすべて決戦に動く――カーロッタ率いる革命闘士と戦術騎士団が中心だろうが、それですべてではない。キルスタンウッズと開拓公社、ラポワント市議会と大統領邸、都市民と開拓民……すべてだ。

そして原大陸とキエサルヒマも。これから長きにわたる断絶状態を迎えるだろう。原大陸はそのために統一が不可欠となるし、キエサルヒマも同様だ。これはもはやラチェットの見識も及ばない話になるが、キエサルヒマでも魔術士同盟が貴族共産会の取りつぶしに動くのかもしれない。リベレーターの独断を断罪することは、その口実としては十分だ。

(父さんが、キエサルヒマを牛耳るようになるのかもな)

現実感はなかったが、そういう可能性はないでもない。

(もっともその場合、真の暴君に君臨するのは母さんのほうかもしれないけど)

思い浮かべて、なんとはなしに――

横からイシリーンが、訊いてきた。

「なに。急にため息ついて」

「うーん。楽になりそうにないなと思ってさ。家に帰っても」

「そのことなんだけどさ」

ふと、遠くを見て、イシリーンがうめく。

マヨールは促した。

「なんだよ」

まだ彼女は躊躇《ちゅうちょ》を見せたが、それでも言い出した。

「どうしても帰りたい?」

「…………」

この話を、予想していなかったというと嘘になる。だが予想外だったふりをしないと体裁が悪いな、とも咄嗟に感じた。わずかでもそれを考えたことがあると悟られまいとするなら。

だが、そんなふりも結局は無意味か。マヨールは首を振った。

「俺には家があるからね」

「わたしにはない」

唇を尖《とが》らせて、イシリーン。やや間をおいて言い直してきた。

「いつもの、嫌みで言ってるんじゃないわよ。なんかね、こっちでこうしているのが、性に合ってるのかもね、わたし」

「こうって？」

「こうっていうのは、こうよ。なんとなく……こう」

彼女が示したのは歩いているみんなだ。さすがに通じないと自覚したのか、考えて言い足してくる。

「キエサルヒマに帰ったらわたしはきっと、《塔《とう》》の教師かなにかになるのかしらね。王都に呼ばれるのかもしれないけど、あんたと暮らすならママンの目もあるだろうから、そっちには行けないか。やっぱり教師にさせられそう」

「母さんはそこまでうるさくないよ」

「えー。言っとくけどこれはまだ、あの妖怪がわたし用の地下牢《ろう》を用意して鉄仮面かぶせない場合に限っての楽観的予測なんだからね」

「いや、だから……」

こだわりかけたが、話の本題ではなさそうなのでマヨールは諦めた。

「まあいいか。それで君にとっては、《塔》は退屈で、ヴァンパイアを警戒しながら森を歩くほうがいい？」

「まっさかー。侮らないでよ。トラブルなんて《塔》でも王都でもあるだろうし。こうっていうのはさ、こっちでは何者でなくてもわたしなのよね。あれ、やっぱりうまくないかな。今の言い方」

「……いや、まあ、分かるよ。だけど」

マヨールは、にやりとした。

彼女がこちらを向くのを待って、続ける。

「そんな風に逃げるのは、君らしくない」

茶化されたと感じたのか、イシリーンはしばしムッとしたようだったが。

頭の後ろで手を組んで、ふんと鼻を鳴らした。

「あーはいはい。そですかね」

「君に家がない、なんてことはないんだ」

マヨールが言い直すと彼女はぴくりと反応した。

そのまま告げる。

「君が何者でもなくなれば俺が困る。家があるっていうのはそういうことだよ……うまくないかな、俺の言い方も」

「…………」

しばらくは彼女の半眼を見返していたが。

イシリーンはいかにももったいつけて長々とため息をついてみせた。

「そう言われれば仕方ないから、まーあんたの配偶者と相続人になって差し上げるわよ。ただ仕事は再考してさ、犬のトリマー目指すかもしれないけど――」

と。

話しているイシリーンとマヨールの間に、ヌッと音もなく、ラチェットを背負ったヒヨが顔を突き出してきた。そして。

「ラブくさ死ね」

とだけ言って、また速度を落とした。

マヨールらが黙って目線で追うと、ヒヨはきょとんとした顔で、

「あ。うざい気配を察したら言えって、ラチェに頼まれててー」

「あっそう」

他に言いようがなく、つぶやく。

それはともかくとして。

「まあ確かに緊張が削げるのはよくないな。ラチェットなりの気遣いか」

「違う気がするけど」

イシリーンは疑わしげだったものの。

マヨールは持っている剣を眺めた。

魔王の鋏は出現した時と形が変わっている――というより、いつの間にか鞘《さや》が現れて被《かぶ》さっていた。試してみたが抜けない。刀身そのものが変形しているのかもしれない。

これはそれほど意外には思わなかった。以前、オーロラサークルを触った時も力を発揮している時とそうでない時ははっきり違いがあった。

「これも頼れるか分からないし、ラチェットだけじゃなくて俺たち全員衰弱しているはずだよ。無理して負傷者を増やすくらいなら、お互い気をつけて不調はすぐに――」

「あっ」

言っている端から、イシリーンが転倒する。

足でももつれたか。きょとんとした顔で座り込んだ彼女を待って、マヨールは足を止めた。

「どうしたんだ？　怪我《けが》したなら……」

「違う」

ぞっとしたように、イシリーンは自分の足を手のひらで叩き始めた。

「動かない……感覚がない。足の裏、なにかにちくっとされて」

と。不意に彼女は目つきを鋭くした。

その目が発したメッセージを、理解するより先に身体が反応する。マヨールは咄嗟に跳び上がった。

「マヨール！」

イシリーンは手を向けて、術を放った。その場で跳躍したマヨールの身体を、さらに上に吹き飛ばす。

マヨールは数メートルは跳ね上げられた。下を見ていると、地面から伸びた細い針のようなものが突き出してきている。マヨールを追って、ぎりぎりかすめるほどの高度まで。身体をひねって落下軌道を変えた。着地すると針に続いて地面が盛り上がり、人間が飛び出してくる。全身から体毛を伸ばし、その体毛のうち何十本かが触手のように蠢《うごめ》いている。ヴァンパイアだ。

「光よ！」

熱衝撃波が、避けられる体勢とは思えなかったが――

ヴァンパイアは足を動かさずに毛を波打たせて横に移動した。その動きは毛虫を思わせて気味悪いが、素早い。

白い光の爆発があたりの木々を揺らす。この失策はいくつかの意味で最悪だった。舌打ちする。ひとつ、外したこと。ふたつ、気色悪い動きを見せられたこと。みっつ、爆発は他の敵も呼び寄せたかもしれない。

よっつ、それを非難するようなイシリーンの表情。いつつ、かといって素手で対抗できそうな相手でもない。むっつ、だとすると威力のある術をあといくつか使わざるを得ず、ななつ、乱発もできないので慎重にいかないとならないが、やっつ、かといって時間もかけられない……

数え上げているうちにも毛のヴァンパイアは移動を続け、毛を伸ばして攻撃してくる。マヨールは木の陰に回り込みながら、ラチェットやサイアンらの位置を探った。イシリーンは動けないながら防御障壁を張って毛針を防いでいる。ヒヨはラチェットとサイアンを抱えたまま近くの木を駆け上がり、難を逃れていた。

ヴァンパイアは移動用の毛と攻撃用の毛を使い分けている。移動の毛は身体を守る役割もあるようだ。強度の見立てはよく分からないが、かなり戦い慣れている気配だった。

(剣を……?)

使うことを一瞬考えた。しかし、思い直す。

(もう物音は立ててしまったんだ。今さら気を遣っても!)

伸びてきた毛針を、鞘のまま打ち払う。

イシリーンはそろそろ痺《しび》れが取れてきたか、ふらふらしながらも身体を中腰に持ち上げていた。

数十秒後には二対一になる。敵はそれより先に是が非でも一方を仕留めにくるだろう。

再び殺到してくる針に――

「壁よ！」

障壁を張って対抗する。直進してきた毛針は防いだ。あと数本、壁を迂回してくるものがある。

視界に入った一本をまた剣で打ち払いながら、横に跳ぶ。そこで、

「うがっ！」

マヨールは地面に倒れ込んだ。足を押さえ、這《は》いつくばって敵を睨む。

ヴァンパイアの顔は毛で覆われて見えなかったが、かすかにのぞく目が笑ったようではあった。こちらに背を向け、次はイシリーンを狙おうとしている。

マヨールはすぐに起き上がると、一気に敵の背中に駆け寄った。針にやられたふりに引っかかってくれたが、簡単に背を向けたのはやはり毛の防御に自信もあるからだろう。

マヨールは毛がうねっているヴァンパイアの背後に肉薄して、囁いた。

「抜けろ」

術が発動する。身体の体積を誤魔化し、毛の間に入り込む。

「…………!?」

敵には理解できただろうか。入れないはずの隙間にマヨールが半身をねじ込み、中の

内臓めがけて拳を打ち込んだ。油断していたところに急所をやられてヴァンパイアはくずおれた。

打撃は――もしかしたら本当に文字通り、直接内臓に達したのかもしれない。引っ込めた拳の先にぬめっとした感触が残っている。

（……これ、思ったよりえぐい術かも）

そんなことも思いつつ、マヨールは叫んだ。

「逃げるぞ！」

駆け出して、イシリーンの身体を掴む。

彼女も、支えがあればどうにか走れるようになっていた。後ろを見ることなくただただ全力で森を進む。

かなりの距離を遠ざかってようやく、マヨールは足を止めた。敵は追ってきていない。木の上からすたっと、ヒヨが飛び降りてきた。他のふたりを担いだまま枝を渡り歩いてきていたようだ。寝たままのラチェットはともかく、サイアンはすっかり目を回している。

ぜいぜいと息を切らせて、イシリーンが言ってきた。不安そうに。

「……仕留めなかったから、わたしたちのこと、敵に伝わるかも」

「結界を解いた以上、魔術士がローグタウンから逃げ延びたことは、見当つけてるさ。

カーロッタなら」

それに、と付け加える。

「かなり強度の高いヴァンパイアだったから、相当な術でないととどめなんて刺せなかったかも。その余裕はなかったよ」

それは納得したようだが、イシリーンの疑問はまだ残っているようだった。

「強度の高いヴァンパイアは知性がなくなるんじゃなかったっけ。それがなんでカーロッタに従ってるのかしら」

「それは……分からないな」

ラチェットの寝顔をちらっと見たが、やはり答えはない。

「とにかく、急ごう」

それくらいしか今はできることがない。

サイアンの指示で方位を定めて、北を目指した。

8

世界が変わる、と幾度か希望が説かれた。

その際、本当に変わったことはあっただろうか？——恐らく、イエスだろう。そんなことと関係なく世界は絶えず変わってきた。問題は、人々が期待するのは良い変化であり、良い変化とはつまり、クソのような戯言《ざれごと》でしかない。

ジャニスは引き金を引いた。

撃鉄は即座に作動する。作動するように出来ているからだ。薬莢《やっきょう》を叩き、燃焼した炸《さく》薬《やく》の威力は人知を超えた速度で弾丸を押し出す。すべては成り行きに従った世界の節理であって、弾丸は標的を貫く……

はずだったのだが、狙いを右に三十センチは外していたため標的の板を揺らしもしなかった。硝煙の燻《くすぶ》る狙撃拳銃を下ろして、ジャニスは嘆息した。ジャニス・リーランド、派遣警察隊・内規室の豪傑、総監の懐刀である彼女に今さら不得手なものなどいくつもないが、拳銃はそのひとつだ。

「訓練して上達しないことはあり得ない」

並んで立っている同僚が、いつもと同じことを言う。

そいつはジャニスの倍はあるガタイで、すっと銃を構えると立て続けに三度射撃した。自分の的を二度射抜いてついでにジャニスの的まで精確に撃ち抜いた。

にやりとして、言ってくる。

「つまり技術じゃない。人を撃ちたくないんだろ」

そんな感傷的なもので片づけられたくはなかったが。

さりとて実際に当たらないものを言い訳するのも馬鹿らしく、ジャニスは首を振った。

「変わらないのよ」

同僚には伝わらなかったようだ。

「別に曲芸撃ちをやってみせろと言ってるんじゃないんだぜ。銃は才能じゃない。当たり前の訓練で頭数を揃《そろ》えられる。これが魔術士どもにはできないことさ」

「革命闘士はそのもっと先を行ってる。予想もつかないような正真正銘のどこぞの誰かが、突然怪物どころか災厄にもなる」

「ハハッ。ちげえねえ」

射撃訓練場は以前からあるきちんとしたものではなく、リベレーターと魔術士の戦闘で廃墟《はいきょ》となった区画に設《しつら》えられたものだ。派遣警察隊の訓練場は、今はラポワント市民軍の訓練に使われている。これまで素人だった志願者たちが数日の訓練で、どれくらい〝頭数を揃えられる〟のか未知数だが。揃おうと揃うまいと、カーロッタ率いる革命闘士との戦いはいつ火ぶたが切られてもおかしくない。

ともあれ派遣警察隊の大半は教官に回されるか、市内に潜伏している革命闘士を炙《あぶ》り出すため招集された。ジャニスも先日までいた持ち場から市内にもどされた。久しぶりに味わう市内の空気は……まあ、変わっていた。

市民が期待する変化だ。彼らはリベレーターの出現から不安に苛《さいな》まれてきた。原大陸の構造は破壊されると。これまで、都市と開拓民は共生関係にあった――少なくともラポワント市民にとってはそうだ――が、開拓民がキエサルヒマの支援を受けて都市を滅ぼす可能性が出現した。

こんな時に調停者となるはずの大統領邸もアキュミレイション・ポイントの封鎖で動きが取れず、戦術騎士団は半壊。カーロッタと並ぶ英雄であり、ラポワント市の顔、サルア・ソリュードは存在感が示せずにいた。

その彼を、カーロッタとの全面対決まで決意させたのは革命闘士の襲撃による、夫人、メッチェン・ソリュードの死去だ。サルアの私兵とこれまでも揶揄《やゆ》されることの多かった派遣警察隊も、そこに組み込まれずにはいられない。

みなは歓迎ムードだ。不安を吹き飛ばし、行動する選択肢が示されたのだ。既にリベレーターには勝利した。あとはカーロッタの首を取れば、開拓民に蜂起の力は失われる。たった一発、拳銃の弾が当てられれば勝ちだ。誰もが期待する完全な勝利だ。

(撃ちたくねえんだろ、か)

そう言われれば反論はできない。が、そこまで単純でもない。撃ちたくないというだけならば、必要とあらば撃つ。職務がある。

ジャニスは狙撃拳銃を後ろ腰のホルスターに押し込んだ。まだ熱い。

同僚に告げた言葉はもっと冷えていたが、出し抜けだった。

「六人射殺したそうね」

「……ああ。仕方なかった」

彼は動揺を見せなかった。撃ったばかりの拳銃から弾倉を取り出し、新しい弾を込めている。

ジャニスは続けた。

「うちひとりは少年で、あなたは規則に定められたカウンセリングを拒んでいる」

「今、医者送りになったら戦いには出られなくなるだろ。人手は足りてねえから、うちのボスも承知している」

「わたしの追跡でも六人中、四人は革命闘士との繋《つな》がりを確認できた。あとのふたり……ミリー・タイドとエヴァン・タイドはその場に居合わせただけではないかと思える」

「自宅で、革命闘士と居合わせたってのは十分に怪しいだろ」

「革命闘士たちが周辺で目撃されたのは一日だけ。その当日のことね。彼らはタイドの家に誘導させせられたんじゃないの……？」

「どうやって。それに、なんの得がある」

「ミリー・タイドが拳銃隊隊長——つまりあなたのボスね。その愛人だという噂が流れれば、単純頭のはぐれ闘士は罠《わな》にかかるかも」

「………」

ようやく同僚は口を閉ざした。代わりに、ぱちんと音を立てて弾倉が銃に押し込まれる。

それでもジャニスはやめなかった。

「なにより問題は、あなたのボスがそれを問題視していないこと。革命闘士狩りに市民を囮《おとり》にしただけでも査問は免れないけど、愛人と隠し子の始末も含まれていたら」

「正気で言ってるのか？」

彼は銃口を下げたままだったが、この距離であれば仮に寝っ転がっていようとも半秒以下で標的を撃ち抜ける技量の持ち主だ。

あたりにはふたりしかいない。ここは射撃訓練場。事故はいつでも起こり得る。同僚の目から感情が消えていくのをジャニスは見届けた。彼は——

銃をその場に置いて、ジャニスに笑いかけた。

「正気なんだろうな。お前がズレたことは一度もねえ。俺が撃たないのも分かってたんだろ」

「隊長に関して、あなたが証言するなら処分は有利になる……言う通り、人手は不足している」

ジャニスはまったく笑わなかった。反吐《へど》も出なかったが。

勲章というほどでもない。同僚を逮捕し、また仲間内で〝ヒットマン〟と呼ばれるのが内規室のジャニス・リーランドの仕事だ。

オフィスにもどると、上司からの呼び出しのメモが残されていた。コンスタンス総監だ。別に珍しいことではないのだが、どうしてか、違和感がした。

そして違和感は大抵的中する。

同じ感覚を覚えた、三年前のことを思い出していた。もう何十年も昔に思えるが。総監はジャニスを呼びつけ、しばらくの間、スウェーデンボリー魔術学校校長の秘書として外に出てくれと告げた。

「わたしはクビですか？」

と上司に問うと、彼女は言葉を選んでこう答えた。

「五年以内には呼びもどす。限界は、そんなものでしょ」

選んだわりには意味不明だった。ジャニスは疑問に思いながらも拝命した。

結果としては校長はジャニスを採用しなかったため、一日で職場に復帰した。校長——魔王と悪名高いオーフェン・フィンランディに実際会って、総監の言葉の意味がおおむね理解できた。コンスタンスは、彼を現在の立場から解任したかったのだ。

だが、校長は拒絶した。彼の立場は要の石で、外されればなにもかも崩壊する。コンスタンスは限界を五年と見ていたようだが、現実にはキエサルヒマの介入により三年で破壊された。

採用されていたらどうなっていただろう。崩壊以来、ジャニスは思い浮かべる。採用され、その上あの魔王に邪魔されずに戦術騎士団の内部情報を探り出し、その力で市議会が騎士団から指揮権を取り上げる。ラポワント市は堂々とカーロッタ打倒を宣言して、大統領邸も従わせる……

あるいは、その遥か手前の段階で、騎士団の暗殺者にジャニスが秘密裏に抹殺されるかだが。魔王オーフェンは両方を避けて、最も安直な結果を選んだ。ジャニスを不採用にして追い返し、自らが立場を脱する機会も捨てた。

三年経《た》ってまた別の理由でスウェーデンボリー魔術学校に送り込まれた。派遣警察隊として、暴走しかかっている騎士団を監視するために。それも先日、解任され呼びもどされた。それについてはなんの感慨も湧かなかった。いかにも無意味な任務だった。騎士団は言うまでもなく、もはや原大陸のどこもかしこも暴走しているように見えた。

総監室に入ると、待っていたのは総監、鬼のコンスタンスだけではなかった。

椅子に座っているのは総監ではなくサルア市長だった。総監は横に立たされている。叱られた子供のように……とまではいかなくとも、数時間はたっぷりと怒鳴り合いをしていた疲れがうかがえた。

「ジャニス・リーランド」

サルア市長は前置きもなく言い放った。

「拳銃手第一隊を任せる。市内の親・革命家を一掃するため、行動制限の一部を解除する」

「…………」

三手ほど先まで読み透かして――読み透かせてしまったために――ジャニスは告げた。

「ついさっき、その第一隊の隊長を告発する手筈《てはず》を整えたばかりです。わたしが成り代わるのはいかにも反感が強いかと」

「いや。愛人の始末のために部下の身を危険にさらした男など、警察隊は喜んで排除する」

まさか……と言いたいところだったが、そうだろうと分かっていた。暗い心地でうめく。

「公表する気なんですか。すべて」

隊長には妻子がある。ジャニスもよく知っている――というより、今回知り過ぎるほど調査した。彼女らのために、真相の部分は伏せて処理できないかと思っていたのだが。

「自分はデスクワークが主で、現場の仕事に慣れていません」

「君に銃を振り回す役は求めていない。必要なのは情報力だ。市内の――」

「標的は革命闘士というより、市内のギャングや開拓公社の人間ですね」

耐え切れなくなって、ジャニスは声を挟んだ。

これで気分を害してクビにでもされればいい。そんな捨て鉢な気分ではあったが。サルア市長がその程度で頭を沸騰させるタマでないのも分かってはいた。

逆に満足げに、笑みを浮かべるのを見て。嘆息交じりに続ける。

「そうしてキルスタンウッズを街に入れる。市長、高くつきますよ。市議会はカーロッタ派を失ってほぼ機能不全ですが、残った有力議員のほとんどはギャング上がりです。追い打ちをかけるおつもりですか？」

「街が生き残るためだ」

この議論は明らかに、たった今総監としていた話の繰り返しだろう。それだけに、市長の顔は既に出来上がっていた。確信が。

（崩す方法は……）

と考えかけて。虚しく諦めた。これは見た目ほど単純な問題ではない。原大陸の構造そのものに関わっている。ジャニスの舌先ひとつで突き崩せるなら、もうとっくに誰かがどうにかしている。裏表含めて情報を切り盛りしてきた人間として、痛いほどそれが分かる。

だから、せめて。

ジャニスは言った。

「拳銃手隊を首挿えする必要はありません。現在の組織のまま、わたしが隊長を言い聞かせます」

「……そんな男を組織に残したまま、脅して指揮すると？」

「はい。わたしのような者は、表に出ないほうが良いのです。それにどうせ汚れ仕事なら、既に汚れた者にさせて……その上で非公式な処分を」

笑えないまま言葉を切った。

サルア市長は疑わしげにだが、同意した。利点もなくはないと判断したのだろうが、意味は理解できなかったようだ。

大きな意味を持つ決断ではない。ただ、隊長の家族を守った。それ以外に守れるものがなにもなさそうだったから。

魔王オーフェンがそうしたように。もっとも、彼はそのために今、破滅しかかっているわけだが……

9

マルカジットはそれからも、出し抜けなことを言ってはエッジを戸惑わせた。

「思うんだけどカーロッタも耳から節足動物の足が出てきたら死を覚悟するかな？」

「ビスケットが湿気《しけ》るのとビスケットを作ったお婆ちゃんが爆発してケンジ君の鼻が曲がるのとは、確率にして何倍の差があるか知ってる？」

「わあ、それ苦い？　それとも青い？」

最後の問いは、エッジが木の根につまずいて転びかけた時に発してきたものだ。

どう答えようもなく、エッジはただ告げた。

「もう少し、普通に分かることを話せないわけ？」

「普通に分かることは訊くまでもないでしょ」

やりこめる際だけ筋が通っているのでたちが悪い。

もやもやしたまま話を変えるしかなかった。

「どうして北に向かってるの？」

「ほら、馬鹿みたい。分かることを訊くのって」

「わたしは分からないから訊いてるの」

「なんで分からないの？　北に向かってるのは、北に目的があるからでしょ」

「北になんの目的が？」

「わたしたちの任務ってなんだった？」

素知らぬ風に言ってくるマルカジットの、誘いの罠は見え見えだったが。それでもエッジは言わずにいられなかった。

「わたしたちの任務？」

「そうよ」

まったく、悪びれもせずにうなずいてみせる。

「ラチェットを見つけて、マヨール・マクレディに伝言。でしょーでしょー？」

エッジは無言で睨み続けたが、このマルカジットにはまるきり通用しない。にっこりと軽やかに先を歩いていく。

疲れを覚えつつ、エッジはまだ冷静だった。そもそも疲労しているのは、マルカジットが常にほんの半歩、手の届かない先を歩いているせいだ。ぴったりとずれることなく距離を保っている。一歩踏み出して殴り倒したい衝動に駆られるが、実際にそうすれば届かないと分かっている。歩いているだけで無力感を植え付けられる。

だが、単に腹立たしいという点を除けばマルカジットは有用だ。そいつの予言通り、本当にラチェットとマヨールが北に移動しているのなら、だが。エッジだけでは見つけることはできなかったろう。任務は最短で終えられるかもしれない。

それを思ってしまう時点で、確かに自分たちの任務であることを否定するのも虚しい。どこかにマルカジットの齟齬《そご》を見つけられないかと探すのだが……あまりに都合よく出現した合成人間とやらである不気味さの他には、今のところ見つけられない。

「そういえば、ドラゴンだけどさ」

ドラゴンの話など一度もしていなかったが、マルカジットは木々の間の空を見上げ、言った。

「わたしはあれもどうにかしたいんだけど、あなたは忘れた？」

「忘れてなんて――」

ごう、と。

森全体が揺れるような、重い風が吹き荒れた。

マルカジットの視線の先、それはかなりの高度だったはずだが、とてつもなく巨大な影が高速で通過していった。

かつてこの世に存在したこともないような圧倒的質量。二対の翼を広げ、尾を生やした一本脚の獣。言いたくはないが、伝説に言うドラゴンに酷似した――シマス・ヴァンパイアが唐突に現れ、頭上を飛び去っていく。

森の中だ。直接見ても姿は追えない。だが上空から打ち下ろされた風圧が木々を薙《な》ぎ、飛んでいくのがはっきり分かる。方位は……西だ。

ローグタウンにいたのではないはずだが、そちらから来たように感じられた。向かっているのはラポワント市か？

「まさか……！」

エッジは立ちすくんで、声をあげた。暴風の余韻に首根っこを押さえつけられて。この戦いのきっかけとなった、最大危機強度のヴァンパイア。以前よりも強大化している……？

「影も形もなかったのに、ここで出てくるの⁉」

わめくが、マルカジットは肩を竦めるだけだった。

「それおかしい。なんにもできなかったくせに、やり残したことが消えてなくなるとでも思った？」

「うるさい！」

「わたしだけがあれに勝てる」

あっさりと言ってみせる。不意に、エッジの鼻先にまでにじり寄って。

「わたしが完成すればね。それにはまず、あなたの――」

「うるさいって言ってるの！」

エッジは拳を打ち出した。さっとかわしたマルカジットの前で空を切ったが。

それもどうでもよかった。一瞬迷って、身体の向きを決めかねる。

「ラポワント市にもどらないと……！」

「どうして？　意味ない。あなたがもどっても戦力にもならない。あれには誰も勝てないの。わたしたちの父親でもね」

その一言で、ついに、かっとなった。

もはや嫌味も出なかった。声も、言葉も。エッジはただ、怒りに任せて突進した。身体はぎりぎり訓練を覚えていたが、マルカジットはまた逃げるだろう。と思っていた。惰性と油断だ。身体の中でただ一言、違う、と悪寒が弾《はじ》けた。

敵はエッジの拳を受け止め、軽く弾き返した。そのまま、抱きつくほど肉薄しながら身体は触れず、後ろに回り込まれる。衝撃が走って、身体の自由がすべて失われた。蹴り上げられた。

ラッツベインにもラチェットにもない速さと強靭さだ。そんなことができるのは……

(わたし……既に、盗まれかけてる!?)

精神支配か。まんまと引っかかりかけた。

身体をひねって後ろ手に、敵の身体に触れた。押す。

一押しでいい。動作の起点を取りもどして横に跳んだ。体勢を入れ替える。打ち込まれた背中がまだ痛かったが無視する。間合いも開けない。踏み出して突進していく。逃げない。魔術の撃ち合いになれば勝ち目はない。

指先で目を狙い、牽制してから身体を沈めて死角に回り、急所への肘撃ちにつなげる。マルカジットはそのすべてに反応して、等距離を逃れ羽のように手ごたえがない。まるで実体と幻とを使い分けられるようだった。あるいは現実と悪夢を。結果と理想を。

頭を過った弱気を摘んで、エッジは吠《ほ》えた。機をひとつに絞る。遮二無二《しゃにむに》撃ち続け、チャンスを待った。息が切れて、エッジの攻撃の手が緩む。

と、マルカジットの姿が消えた。瞬きの癖を盗んだか。視界から消えたからには死角から攻撃が来る。エッジは勘だけで回転肘打ちを突き上げた――窮地だが、これが賭けた一瞬だった。いくらマルカジットでも、こちらにとどめを刺す時だけは真っ直ぐ突っ込んでくるはずだ。

相打ちでもいいからそこを撃つ。肘に重い感触を覚えたが、同じくらいの痛撃に頭を持っていかれた。

気がつけば、地面に倒れていた――といっても意識が飛んだのも半秒ほどだろう。頭はともかく、身体はまったく動かない。

曇った視界でマルカジットの姿を探す。どうにか横を向いて、立ち尽くしてこちらを見下ろすマルカジットを視界に収めた。合成人間は胸を押さえて目を口を吊《つ》り上げ、壮絶な笑みを浮かべている。頭の中にがんがんと痛みの騒音がかき鳴らされる中、マルカジットの息がヒュウヒュウとおかしな音を立てているのが聞こえた。折れた肋骨《ろっこつ》に肺を破られている。致命傷だ。

だが、駄目だ。マルカジットの顔から笑みが消えると、胸の陥没した跡も元にもどっていった。効いていない。

(人間じゃない……)

それは、確かに分かったが。

マルカジットは髪を整えて、こう言ってきた。

「予想外に、やるね。わたしが予想外って、あんまりないよ」

くるりと背を向け、去っていく。

「待……て……」

追おうとしたが腕も上がらない。

後ろ姿も見失い、ただ歯を食いしばる。

やがて、ぱきんと枝を踏む音。

マルカジットがもどってきたのか。と、それはないと分かっていたのに考えに浮かぶ。

彼女が姿を消したのとは違う方向だった。黒い塊がのっそりと、下草を分けて姿を現す。

全身の毛を長く伸ばし、その毛で移動しているようだった。ヴァンパイアだ。

これをマルカジットは分かっていたのだろうか？　分かっていたのだろう。だからとどめも刺さなかった？　それはどうだろう……

どのみちこのままでは殺される。どうにか集中を保って、構成を思い浮かべた。

チャンスは一度だけ。たった今、同じような機会を逃したばかりだが。至近距離で最大威力を叩きこむ以外にない。待ち受けた。ヴァンパイアは近づいてくる。奇妙に毛を波打たせ、そして――

10

「アイツってそろそろ死んじゃったカナ？」

ベイジットは誰にともなくつぶやいた。

きょとんと訊き返してきたのはビィブだ。

「誰だよ？」

スウェーデンボリー魔術学校の屋上にいて、寝転がって空を眺めながら、ベイジットは物憂い心地で声をあげた。正直、自分でも誰の話をしていたのか忘れかけるくらい、ぼんやりしていた。

「アタシのほうこそ気が死んでッかも。こんなノンビリしてる場合じゃないってのにサ」

「確かに、ごろごろしてるだけなら死体と変わらねえな」

ビィブも隣で寝転がっているのだが、同じように嘆息してみせる。

なんとも実りのない一日だった。エッジ・フィンランディを見送ってから――というより、付け入ろうとしてはねつけられてから――なにもしていない。

ぱっと起き上がって、頭を掻いた。

「どォーも不調だネ。なにすりゃイーカが浮かばないや」

「これまで良かったことがあんのかよ。それに、ずっと考えなしでやってきたろ」

「ナマ言うね、ガキ」

こまっしゃくれた相棒に告げてから、ベイジットはかぶりを振った。

「ズボシなんだけどさ。今度ばっかりはシンチョーなんよ。しくじれないからネー」

「そうだな。家族はやっぱり、大事だしな……」

つぶやくビィブに、顔をしかめる。

「エ？　なんの話？」

ビィブはまたきょとんとしてみせた。

「なにって。兄貴の救出が任務なんだろ」

「ああー……マア、そういう風には言われたケド」

「違うのかよ」

「兄ちゃんは自分のメンドーくらい自分で見るッショ。引き受けたのは使える手駒が増やせるかって思ったダケ。アイツに振られてオジャンだったけど――あ、ソーダ。エッジ・フィンランディだヨ。アイツって。つっまんない奴だよネ」

手を振って続ける。

「アタシの目的はもっと――」

と。そこで遮られた。

「おい、お前ら！」

屋上に出てきた、スティングだ。ぜえはあと息を切らせている。

「どこに消えたかと思ったら……勝手に姿を消すな！」

「しょーがないじゃん。女のコの用事ってモンがあんのよー。じっくり見たいワケ？」

「なんっ……！」

疲れで顔を上気させていたスティングが、また別の意味で顔色を変える。これで追及は終わってしまった。まあビィブも一緒だったことについては頭が回らなかったようだ。

気まずく近づいてくるスティング・ライトに、ベイジットは面白半分で言葉を投げた。

「アンタさー、もしかしてアタシに気がない？」

「なにを言ってるんだ」

口をひん曲げて、スティングが言い返してくる。

あぐらをかいたままベイジットは、上目づかいに相手を見やった。

「なーんか、縁なさそーな態度だからサ」

「そうな態度ってなんだ。俺は――」

「お。じゃあ誰かいんの？　どこのドイツ？」

「別に……いない」

肯定しても否定しても得がないとようやく察して、スティングの気勢は尻すぼみになった。

にや、とベイジットは犬歯を見せてやった。

「カーワイイね。魔術士のエリート様にしちゃ」

「お前はどうも……似てるな！」

反論しようとして反論になっていない、妙な言い方に、ベイジットは首を傾《かし》げた。

「ナニが？」

スティングはベイジットらの近くまで来て、どっかと腰を下ろした。しみじみと息をついて、答えてくる。

「ラチェット・フィンランディだ」

「ああ……そいつも落ちこぼれ？」

「まあ、な」

多少のデリカシーなのだろうが、認めるのに躊躇した。

ベイジットはこれ見よがしに嘆息して、

「よくないネー」

「……なんの話だ？」

「気のある女に話すトキ、知ってる誰かと似てるってのは、マズーイ話題ヨ」

「だからっ！」

　からかわれているのが分かっていないのではないだろうが、スティングは怒りの声をあげつつも、そう強くは出てこなかった。それほど嫌がってはいない。ベイジットはそれを確かめていた。

（……ラチェットも、そんなとこある奴なんだろうね）

　スティングのような優等生には、嫌で不気味な存在だろう。

　気にはなる。気が合うとは到底思えないが。話は通じるかもしれない。スティングの言い様を聞いている限りでは、だが。

「んでさ」

　退屈な会話に呆れた様子で、ビィブが言ってきた。

「なんなんだよ。目的って」

「ン？」

　ベイジットははぐらかした。まだ〝隊〟の部外者の前で言うようなことではない。

「そうだネ。アタシがやりたいのはサ、まずは頼りになるナカマ集めてー、でハラドキモンの大冒険してさー……」

　言いながら、ふと、まあ本当にそんな楽しげなのもいいかな、と思えなくはないのだが……

見上げた空が陰った兆しに、声を止めた。夢想も消えた。

陽《ひ》を覆うほどに大きく、濃く。黒い巨大な物質が近づいてくる。街の上空に。暴風と轟音《ごうおん》を引き連れて。

見たことはある。この世界で最強の物体。

最大の無意味、理不尽、暴力。ヴァンパイアライズの——現在のところの——極致。

ドラゴンの姿をしたヴァンパイアだった。元は人間だ。ただの、名前もろくに知られていない人間だった。それが変異し、魔王すら恐れさせる一個の物質として君臨する。

それが、ベイジットの見上げる空に出現した。

「これだよ……」

口の中で、ベイジットは囁いた。なにも、予期していたのではない。あれがラポワント市上空に突然現れることなどは。だが出くわしてみると、待っていたのはこれ以外にないと感じる。

ドラゴンは学校の前庭上空で停止した。翼で羽ばたいて飛んでいたのでもないのだろう。だとすると翼はなんのためにあるのだろう。広げて、眼下の無力な人間たちを威圧するためか。

だとすればそれに相応しい漆黒の双翼だ。《牙《きば》の塔《とう》》の紋章を思い起こさせる。剣に絡みついた一本脚のドラゴンの紋章。ドラゴンの姿は、それとそっくりだった。もっとも、絡みつくべき剣はないが……

ベイジットはドラゴンだけでなく、その肩に立っている人影を見ていた。鞍《くら》も綱もないが苦もなく、金髪の女がそこにいる。ベイジットは初めて見たのだが、すぐに理解できた。ヴァンパイアの女王。革命闘士の首領、死の教主カーロッタ・マウセンだ。

ばん！　と音を立てて屋上の扉が開いた。駆け出してきたのは校長、いや魔王オーフェン・フィンランディとその手下、ブラディ・バースだ。ふたりとも屋上から、ドラゴンとカーロッタに対峙《たいじ》した。

距離は……百メートルほどだろうか。ドラゴンが巨大過ぎるため、距離感がおかしくなるが。話ができる間合いではない。

この原大陸、この世界の命運を巡って対立する二者が、唐突にこうして向かい合っている。その現場にたまたま、ベイジットもいる。震えることも許されず、ベイジットは見定めていた。今まさにここで世界を引き裂く決闘が行われるのかもしれない。

魔王は無言だ。鬨《とき》の声も、魔王術の詠唱もない。ただドラゴンを、カーロッタを睨んでいる。

カーロッタも……見えるわけではないが、なにも言葉はないと思えた。笑っているのだろうか。怒っているのだろうか。この二十余年を戦ったふたりは今、決着を望まれている。息の根を止める完全な死闘を。手段も目的も問わない殺し屋同士の戦いを。

ベイジットは笑い出していた。声には出さないが。最強の物質と、最強の魔術がぶつかり合おうとしている中、自分がいかに非力か。無駄でみじめな灰汁《あく》に過ぎないか。それが分かるだけに笑えるのだ。

（だけどね、アタシはここにいる。たまたまだろうがなんだろうが、この場にいられた。それがアタシなんだよ、兄ちゃん！）

特に意味はないが、呼びかけた相手は兄だった。

このツキは忘れまい。そして、自分が為《な》すべきことも。どうする？　どうすればこの状況を活《い》かせる？

迷った時間はいかほどか。この場で大破壊、大虐殺が起こるまであと何秒か。数えるにもゴールの分からない時間を刻むうちに、変化は起こった。

ドラゴンが前進を始めた。

ゆっくりとだ。校舎に近づいてくる。飛来した時と違って音もない。静かに、校舎の上に移動して……一本脚の爪を屋上にかける。

建物よりも遥かに大きいドラゴンの足がかかって、校舎が揺れた。だが壊れはしなかった。ドラゴンはいまだ浮揚しているのだろう。

校長はドラゴンの接近に合わせて後退していたが、逃げたわけでもなかった。彼が見ているのはやはり、カーロッタだ。彼女はドラゴンの肩から飛び降りた。かなりの高度なのだが、すたっと、怪我もなく降り立つ。ちょうど校長のすぐ前に。

これ見よがしに右腕を振ってみせた。噂では隻腕のはずだが。そして優雅に一礼する。

「お久しぶりね、どれほどかしら？」

「大したことはないな。恋い焦がれたわけじゃない」

魔王が視線を交わす。

カーロッタはにっこりした。脇にいるブラディ・バースに、

「あなたとは、ついこの前……ね」

「お互い、殺しそこなった」

「少しばかり引っ掻いただけでしょ？　大袈裟《おおげさ》ね」

さらに、ついでに視界に入ったのだろうが、ベイジット、ビィブ、スティング・ライトを見やった。

「のんびりしていたところを、済まないわね。でも他に方法がなくて。わたしを殺したがっている市長の頭を飛び越えて、旧友に会いにくるには」

「旧友だと？」

「あら。そうでしょ？　このくだらない新世界を両端で支え合ってきた仲。お互いが、どれくらい辛抱強く約束を守れるか知ってる……これが信頼でないなら、なに？」

「それを言うなら、お前の裏切りはつい最近思い知らされたばかりだ」

「誰もが誰もを裏切っている。意味ないことよ。わたしの言葉の信じ方を、あなたは知っている。誰よりもね」

ぴりぴりと言葉を投げ合っているが――

成り行きがどうも予想と違っていることに、ベイジットも気づき始めていた。おかしい。世界の破滅も、殺し合いも起こりそうにない。

少なくともカーロッタにはその気がない。彼女は改めて言い放った。

「そして今日、わたしたちの間に戦う理由がなくなったことを伝えに来たの。すべての諍《いさか》いも、わだかまりも、もう過ぎたことだと教えにね」

軽く、魔王の胸に触れた。右手の指先で。

「次の時代が始まる準備、あなたにはできていて……？」

壮絶な戦いも、破壊も、死闘もなかったが。

魔王が敗北するのを、ベイジットは見ていた。

11

「聞かなかったことにするのが一番いいんだがな」

ついに戦術騎士団が完全に敗北した日を振り返って、オーフェンはただ苦笑した。

会議室から引き上げて、校長室にいる。同じ部屋の入り口にぼんやりと控えているのはマジクだ。あともうひとり、これは案外珍しい取り合わせになるのだが——妻、クリーオウがいる。

さっきまで、会議室ではそれこそ考えられ得る顔ぶれが勢ぞろいしていた。急きょ呼びもどされたエド・サンクタムはもとより、市長サルア・ソリュード、派遣警察隊のコンスタンス・マギー・フェイズ、市議会からも数名、魔術士社会の参考人として学校後援者も数名、さらには大統領邸からもヴィクトール・マギー・ハウザーが顔を出していた。

そしてそこには、カーロッタ・マウセンもいたわけだ。

話し合いは紛糾したが、さりとて言い合うような内容があったわけでもない。どうにもならない。カーロッタは堂々と戦術騎士団の機能の終了を宣告した。そして誰ひとり、それに反論できなかった。

なにもできない会議に数時間かけて、もう夜だ。ただ疲れた。凝った肩をほぐそうとオーフェンが伸びをしていると、クリーオウがつぶやいた。

「聞かなかったことにするの？」

「あの会議室で暴れ出して、皆殺しにしてやれば手っ取り早かったな、て話さ。この二十年ほどずっと思ってたことだが」

会議室のほうの壁を見やる。呼び出された連中はもう帰っていったが。今頃、なにを考えているやら。

当然カーロッタも。あのドラゴンを駆ってローグタウンへともどっていった。去り際、オーフェンはこれだけを告げた。

「ローグタウンの占拠は不当だ。俺の家を汚すなよ」

「もちろん」

彼女はにっこりとうなずいてみせた。

「いつもどってもよろしいのよ。ご近所さんになりましょう」

会議では一言も発しなかったオーフェンの、カーロッタとの会話はそれだけだった。

マジクが声をあげた。

「それで、その二十年の忍耐を今さら放り出すことはしないとして、これからどうするんですか？」

「悪かったよ。愚痴はやめとく。結論から言うと、実のところ俺は〝次の時代が来た〟とやらは思っていない」

「だから騎士団の引き上げを命じなかったわけですか」

「ああ。エドの部隊はカーロッタの鼻先から動かさない。ただ、開始の号令をこちらからかけられなくなった」

「結局、なにが問題なの？」

問うてきたのはクリーオウだ。怪訝《けげん》そうに眉根を寄せている。

オーフェンは嘆息した。

「カーロッタは、戦術騎士団の目的を全否定した」

「おバカの集団だってことを？」

「おバカなりに役割があったってことを、さ。戦術騎士団は公式には、神人種族、壊滅災害の回避を目的に設立された。そして非公式にはヴァンパイア症による世界の破局にも対処する。まず、リベレーターの持ってきた壊滅災害は完全に回避され、カーロッタはそれに関わっていないと証言した」

「信じるの？」

「まさか。だが確かにカーロッタは頑《かたく》なにリベレーターとの接触を避けていた。だがそれより、あのドラゴンだ」

天井を指さす。もう屋上にあの怪物はいないが。

「カーロッタはこけおどしであれに乗ってきたわけじゃない。ヴァンパイア症を制御できる証拠として持ってきた」

「ヴァンパイアを制御？」

それはこれまで不可能とされてきたことだ。強度の進んだヴァンパイアは孤立し、革命闘士も持て余して放逐してきた。ほかならぬカーロッタがそうしてきたのだ。

だが今、カーロッタはそのヴァンパイアらを従えている。なにより、現状最も強大化したヴァンパイアであるあのシマスを扱い、暴れさせることもなかった。

「シマス・ヴァンパイアは、以前とまったく大きさも形状も変わっていなかった。寸分違《たが》わずだ。あれを見せられたら、ヴァンパイアライズがコントロールできるというカーロッタの宣言を覆せない」

「それで、騎士団が戦えないのね」

「ああ。やるならこう命令するしかない。『俺たちはこれまで守ってきた約束も建前も無視して、危機回避ではなく権力争いと利益のために虐殺を開始する』……ま、そいつぁいいやという奴もいるかもしれないが。魔術士社会の権威は滅ぶな。本来なら魔王術の秘匿と暗殺を糾弾されるべき我らが騎士団は、その建前があってどうにか存在を許されてる。今となっちゃ人質みたいなもんだ。裏切れば代償は、致命的だ」

「……でも校長は、状況が変わったとは思っていないのでしょう？」

今度はマジクだ。オーフェンはうなずいた。

「ああ。それはカーロッタだって分かってるはずだ。絶対の前提がある」

「それって？」

マジクも承知しているので、質問してくるのはクリーオウしかいなかった。

オーフェンは告げた。

「ヴァンパイア症は制御できない。絶対にだ。魔王術と同様に」

「でも、さっきのドラゴンは……」

「そいつは確かに問題なんだ。どうやってかコントロールできているように見えた。トリックがあるのかすら分からないが」

頬杖《ほおづえ》をつき、半眼でうめいた。

「奴の嘘を見破らない限り動きが取れない。カーロッタの狙いは時間稼ぎか。真っ先に飛びかかろうとしていた俺たちを牽制した」

「でもついこの前、街を襲撃して挑発したばかりよ……サルアを」

気の重い話にクリーオウの声が陰る。サルアの妻、メッチェンの殺害だ。カーロッタは白昼堂々やってのけ、犯行を隠しもしなかった。

「盤上の駒を揃えようとしている。望む結末のために。戦術騎士団のみがサルアを出し抜き、攻め入って決着をつけるのは、カーロッタには不都合なんだろう。大量の犠牲を抑える最後の手段と思ってたが」

「カーロッタはなにをどこまで――」

「うんざりする質問だ」

「え？」

言いかけたのを遮られて、妻がきょとんとする。オーフェンは肩を竦めた。

「奴について話していると必ずその質問が出てくるんだ。『カーロッタは、なにをどこまで計画しているのか？』」

匙《さじ》を投げる仕草と一緒に、椅子の背にもたれた。

「答えはまあ、知るかよ。ここまで姿を隠しながら、リベレーターと共闘しつつ奴らを利用していたのは疑問の余地もない。俺たちがリベレーターを返り討ちにすることも見越して行動していたのもそうなんだろうが、仮に結果が逆だったとしても違う行動を取る必要があったわけでもなさそうだ。総じて考えるに、カーロッタは成り行き任せだが上手い波と風の選び方を心得てるってだけじゃないか」

「……もしくは、本当に最初から唯一の正解を知っているか」

ぽつりとこぼしたのはマジクだ。静かに、そして不吉に。

オーフェンはかぶりを振った。

「神憑《かみがか》りだな。死の教主を相手に言うのは居心地悪い」

「大統領邸はどう出るか……」

「面食らってるのが本音だろう。カーロッタは始末したいが、大義なしにやれば大統領邸の支配は百年は遠のく」

ドロシー・マギー・ハウザーの顔を思い浮かべて、あの厄介者の頭の中を想像する。こちらもカーロッタ並みに面倒くさい相手ではある。もっとも、彼女を監視し戦うのは彼女の言う〝市民〟の仕事であって、幸いにも戦術騎士団の役目ではない。

マジクがつぶやいた。

「でも、黙ってもいないでしょう。サルア市長がカーロッタを討伐なんてことになればそれこそ大統領邸は終わりです。サルア王家が興る」

「こちらが封じられた今、そのサルアの復讐《ふくしゅう》心だけがカーロッタ抹殺の大義だ。戦術騎士団が妥協してそこに同調するのを、大統領邸は恐れてるだろうな」

つまり、とばっちりはこちらに来る。いつものことだが。

ぼんやり考えていると――あるいは、考えたくないことを考えるのを避けていると、突きつけるようにマジクが言ってきた。

「結局、打つ手は……校長が目論んでいた奥の手、ですか」

「？」

分からず、クリーオウが目で問うてくる。

それを見返して、オーフェンは答えた。

「はぐれ魔術士がうまいことカーロッタを始末してくれれば手っ取り早い」

「…………」

ひやりと心地の悪いものが通り過ぎるのを待って。

「魔王術にヴァンパイア症。政治に陰謀に暗殺。未来の希望と過去の清算……危険な玩具に囲まれてるな、俺たちは」

他に言い様もなく、オーフェンは告げた。

「人がまともでいられるのは、問題解決なんかせずに、ぐずぐずと妥協を模索してる時だけかもな」

12

「ここが……キルスタンウッズ」

マヨールはつぶやいた。

と、その横でラチェットをおぶったヒヨがメモを読み上げる。

「『分かりやすい独り言ありがとう』」

「………………」

マヨールが見やると、ヒヨはメモをしまいながら、

「ホントよ。ラチェが読めって」

「もはやラチェットのってより君の悪意にしか見えなくなってきた」

半眼でぼやくのだが。

またさらにその横から、場を取り繕うようにサイアンが言ってくる。

「ええと、叔母さんの屋敷まではまだありますけどね。村外れに住んでるので」

「どうして？　お偉いさんなんでしょ？」

これはイシリーンだ。

夜闇に煙っている村の様子を眺めている。ラポワント市などとは比べるべくもないが、村としてはかなり大きい。キルスタンウッズは静まり返っていた。

サイアンが苦笑しつつ、答えた。ここまで歩き通しで疲れてはいるだろうが、村の姿にかなりほっとしているようだった。

「なにかと黒い噂の絶えない叔母なので……」

キルスタンウッズ・ギャング――という呼び方はさすがにしないようだが――につい

てはここまでにいくらか説明を受けたが、サイアンはどこまでも他人事のような話しぶりだった。親族づきあいは薄いようだ。

彼の話によれば、マギー家の三魔女、末の妹であるボニーは原大陸で最も恐れられる犯罪組織の長だ。ただ、ではキルスタンウッズがなんの犯罪をしている組織なのかというと、誰もよく分からないのだ。開拓事業を取り仕切る大組織なのだから売買、輸送、貸金といくらでも悪事に関わる部分はあるし、実際に関わっていないわけもない。他にも既成の開拓公社との諍いや、開拓地を根城とする革命闘士との抗争も日常的にある。

そんな中、ボニーは悪の女帝として名を馳せている。噂では何人もの夫を庭に埋め、黒薔薇《くろばら》の館はベッドルームより拷問部屋のほうが多く、全身の七割が戦闘機械で出来ているともいう。あと、空も飛ぶし緑色のポイズン光線を目から出して山林を焼き払うと固く信じる者もいる。

彼はそれを淡々と話した。噂はともかくキルスタンウッズは紛れもなく大組織で、開拓地に資材を輸送する機動力や情報力は原大陸でも随一のものだ。〝物言わぬ楽団〟は暴力も辞さず各種もめごとに対処する。

「ここまで、やけにあっさり脱出できたわねー」

イシリーンのつぶやきにマヨールは嘆息した。

「運が良かった……のかな。別の可能性があるんだとすると厄介かもしれないな」

「どして？」

「ここはもうとっくにカーロッタの勢力下で、革命闘士が見回るのはこれからなのかも」

「さすがにそんなことは」

サイアンが言うのだが、やはり確信はなさそうだった。

背後に広がる荒野の闇と、村のほうとを見比べて、マヨールは考えた。

「まず斥候で入ったほうがいいかな。でも、全員でも変わらないか」

「ぼくは少しは顔が利きますし、みんなで行ったほうが……」

「そうだな。行こう。もう水もないし、休む場所が欲しい」

剣を手に進んでいく。

時刻は、夜中をとうに過ぎて明け方に近いのではないか、と思えた。村にひとけはないが、寝静まっていれば当然だろう。声をかけられそうな見張り番か、宿でもあればいいのだが。

自分の口走ったことは弱気に過ぎない。とはいえ絶対にないとも言えない。マヨールは警戒しながら歩いていった。ここがもし既にカーロッタによって支配された後なら、もう原大陸は戦争状態だ。

「無人なんじゃないの？」

イシリーンがつぶやく。

彼女がそう言った理由はすぐに分かった。家に灯がないのはともかく、戸口が開きっぱなしの家も目立つ。戸締まりもせずに逃げ出したような様子だ。

そのひとつの玄関をのぞき込んでみる。魔術で灯りを投げて家の中を眺めた。普通の民家だが。

「争った形跡はないな。慌てて出て行ったみたいだ」

中には誰もいない。

「ローグタウンの周りも、無人になってたよな」

いくつかの家を見て、やはり人の姿がないのを確認してから。

村の中で立ち往生して、マヨールはうめいた。

「どうする？　そこらの家押し込んで、残ってるモンかっぱぐ？」

わりとやる気な様子で腕まくりするイシリーンに、サイアンが言う。

「なんで即座に犯罪的なこと言えるんですか」

「これと婚約してしまった……」

マヨールのつぶやきに、イシリーンがムッとする。

「なによ。こういう事態だから、気は進まないけど必要なものは調達しておかないとって言ってるんでしょ」

「ならそう言えよ」

「正直なだけ。あ、あの家、金持ちそうじゃない？　いいもん食べてそう」

と、確かに裕福そうな屋敷を見つけて舌なめずりしているイシリーンを眺めながら、やはりこれと婚約してしまったとしみじみする。

「どうするー？　略奪終わったら火ぃつけるー？」

「なんでだよ！」

玄関から堂々と入り込もうとしている悪辣な火事場泥棒（婚約者）に声をあげていると。

「……ぼくらも手伝います？」

困ったような顔でサイアンが言う。

マヨールはうなずいた。

「ああ。あの女、見張ってやって。度を超したら蹴っていいから。ヒヨは……ラチェットをどこかで休ませたほうがいいか。俺はもう少し村を回ってくる」

再び村を歩き始める。

といっても他も変わらなかった。人がいない。派手に争った形跡こそないが、急いで村を捨てた気配はある。床に落ちて割れた皿、そこからこぼれた冷えた食事……しっかり探せばもっと分かることがあるのかもしれない。襲撃の証拠やら、恐怖体験を書き留めた日記やら。夜が明けてから丸一日かければ。

その余裕はない。長くても数時間休んで、出て行きたい。だがもしかしたら重要なことを見逃しているのかもしれない。なにを分かっていないのかを分かっていない。それが恐ろしい。

（確かに、捨て台詞《ぜりふ》の通りか）

ローグタウンの結界を破壊する時に、ジェイコブズ・マクトーンの吐いた呪いだ。

ここまでにしておけと。悪の親玉を気持ち良くぶっ殺してめでたく終われるのは、このほんの小さな結界の中だけのことだと。

その外に一歩踏み出せば手に負えない。この世にあるどんな存在でも殺害できる〝鋏〟……こんなものは役立たずの道具なのかもしれなかった。

夜風に嘆息を紛れさせせながら。

実際の臭いではないが、なにかを嗅ぎ取った。

足を止め、眼球だけで左右を見回す。

耳を澄ませる。騒ぎはない。イシリーンが無音で制される可能性は低いだろうから、向こうはまだ無事だ。自分の役割は――まずは、無音でやられるのだけは避けること。

だから声高に、マヨールは叫んだ。

「灯明よ！」

ひときわ大きい光の球が浮かんで、闇を裂いた。

花火のように音を立てて膨れ上がる。マヨールは一回転し、周囲を見やった。見つけた人影は、二、三……五人！

その一瞬で空間を把握している。これは自分の特異な才能だと、マヨールは自負している。

右に二人。左手前に三人。気づくのが遅ければ包囲されていただろう。だが敵はまだ移動中で、こちらのほうが不意を突いた。

「光よ！」

振り向きざま、三人がいた足元に熱衝撃波を放つ。直撃はないが無力化できる。と考えていたのだが。

「ミスフィード！」

一喝とともに、術がかき消された。

構成は見えていた——こちらの構成そのものに干渉したわけではないが、重ねるように無力化の術を展開したらしい。

(……魔術士!?)

それもかなりの手並みだ。自分と同等かそれ以上の。

以上となれば、《塔《とう》》教師にも匹敵する。原大陸では魔術戦士というレベルだろう。

見えていた五人ではない。と直感する。どこかに隠れている。声の出どころははっきりしなかった。

ともあれ、まず殺到してくる敵に対処しなければならない。五人だ。黒い格好で見えづらいが同時に襲い掛かってくる。連携が取れていた。

（まずは……）

横に跳んだ。どちらでも良かったが、勘に任せて右へ。ふたりが駆け寄ってくるほうへだ。相手の攻撃タイミングをずらせればそれでいい。

ふたり、武器は持っていないように見えた。が、すれ違いざまに拳を交わして気づいた。指の間に握り込む隠しナイフのようなものを持っている。屋内や路地裏でならともかく、こんなところで使うような道具にも思えないが。よほど格闘に自信でもあるのだろうか。

実際、そのようだった。鋭い突きをかわして、マヨールはひとりの脇腹に肘を撃ち込んだ。撃たれた男が悶絶《もんぜつ》するのが手ごたえだけで予想できたが、急にその身体で押し返されてぎょっとした――もうひとりが、やられた仲間の身体を向こうから蹴り押してきたのだ。そのままこちらにもつれさせようとしている。

ぎりぎりで身体を回し、避ける。その鼻先を掠めたのは、マヨールの動きを読んでいた敵のつま先か。あと一瞬で踏みとどまっていなければ鼻を潰されていただろう。蹴上げた敵の足を摑み、振り払って倒した。

とどめを刺している時間はない。さらにもう三人が追いついてきている。

ふたりが二方から隠しナイフを突き出してくるのを、鞘に収まった剣を上げて受け止めた。ひとりが見えない。と思った途端、そのふたりの向こうから、背中を駆け上がるようにして頭上高く跳んでくる。

(曲芸かよ！)

まさしく曲芸だが、敵の狙いは、なんでもいいからマヨールを一瞬でも地面に引き倒すことだ。動きを止めて刃物で一突き——随分と泥臭いが、闇に乗じて不意を突かれていたなら確かになす術《すべ》はなかったろう。

マヨールは伸び上がって、上からの敵に向かっていった。降下してくる男の腕を摑んで、逆らわずに引きずりおろす。向かってきたふたりの頭の上にだ。三人折り重なって倒れたところで、後方に跳躍して間合いを稼ぐ。

同時に、叫んだ。

「拳よ！」

振動波を地面に叩き込む。倒れ伏した連中が跳ねた地面に殴打されて目を回すと、ようやくマヨールは息をついた。

待つ。数呼吸か。

次第にマヨールは視線を上げた。なんとはなしに引きつけられた。

建物の上。屋根だ。銀の月光を浴びてその姿が浮かび上がる。

男が立っていた。奇妙といえば奇妙な格好だ。タキシード姿に銀色の髪。腕組みをして堂々と、マヨールを見下ろしている。

滑稽に見えたとしても、さっきの術の力量を忘れてはいない。マヨールは身構えた。ここまで暴れたといえば暴れたが、離れたイシリーンらの耳に入っているかというと分からない。気づいていれば加勢にも来るだろうが、それよりも警告を発したい。敵の正体がよく分からない。ただの村人ではなかろうし、革命闘士でもないようだが。

「何者だ！」

叫んだ。

男は答えないまま屋根から飛び降りた。身軽に着地し、改めて向き直る。

「ただの執事ですが……」

落ち着いた口調に、マヨールは逆に気が急《せ》いた。どうにも嫌な感覚があった。説明はできないが。

「魔術士か」

問いに、その執事とやらは銀髪を撫でるような仕草をする。

「ほんの嗜《たしな》みです」

「そんなわけないだろう」

「いいえ。執事たるもの主の理不尽にも対処し、不可能も可能にせねば。それが我が崇拝する師の教え」

「なに言ってるんだ」

「大陸における執事道の神髄、岬の楼閣のモットーと聞きます。つまり世界ルールです」

「聞いたことない、そんなの」

「いやまあ、わたしも聞いたことはなかったですが……」

多少迷ったようだが、執事は首を振った。

「いや、我が師があると言った以上あるのでしょう。あるったらあるって言ってました。だからあります」

「根拠は！」

「泣きながら地団太踏んで言ってました」

「余計なさそうだけど……」

段々と、なんのためにそんな話をしていたのかも忘れそうになっていたが。

どうにか本題を思い出して、マヨールは話をもどした。

「だから、何者なんだ！　なんで襲ってきた」

「村に侵入者があると察しましてね」

きらりと眼を光らせて、襟を正して。執事が言ってくる。

「ボニー様は村の守りを住人に約束いたしましたので。こうして出向いてきたわけです」

「ボニー様……？」

ここでボニーといえば、黒薔薇の暗黒王しかいないだろう。

となるとこの男たちはボニーの手下か。執事云々《うんぬん》というのはよく分からないが。

マヨールは声をあげた。

「ぼくらはそのボニーを頼って来たんだ。サイアン・マギー・フェイズを連れてる！」

「派遣警察隊総監の息子ですか」

「……甥《おい》だろ？」

「まったくもってその通り。不本意ですが」

彼がぱちんと指を鳴らすと。

がちゃ、と音がした。周りから一斉にだ。さっきの屋根、そして家の陰、木立の中。

あちこちに男たちが身を潜めていた。構えていたボウガンや狙撃拳銃を下ろして、姿を見せる。

彼らは一声も発さず、倒れた仲間を起こして去っていく。執事が派手に現れたのも、妙な話を続けていたのも彼らから気を逸らして注意を引くためか……多分。

「いつでも殺せたわけか」

マヨールの言葉に、執事は驚いたように答えてみせた。

「いいえ。世間体がございます」

と、いけしゃあしゃあとお辞儀する。

「では改めまして。わたしはボニー様の執事、ケリー・マッケレル。歓迎いたします。我がキルスタンウッズに」

「……あんたのなのか?」

「まさか。我が主は、そうそう容易《たやす》く寝首をかかせてはくれませんので」

冗談か本気かは知らないが、きっぱり言ってみせた。

13

黒薔薇の館は髑髏《どくろ》の丘の上、黒死の森を抜けた先にある。

それを聞かされた際、マヨールにできたのはこれを訪ねることだけだった。

「それって昔からある地名なんですか？」

ケリーはしごく真面目に答えてくる。

「いいえ。丘にはかつて、ガイコツ砦《とりで》がありまして。その頃は単にガイコツ砦のある丘でした。砦は取り壊しました故、呼び名として残すことに。ザンギャクゴクワール将軍の伝説的な砦でしたからね。血吸い一族に攻め滅ぼされてからは心霊スポットとして有名でしたが」

すがるように視線を転じると、サイアンは無情にうなずいてみせた。

「開拓期はいろいろ混乱してたので……」

「でっかいヒル頭に乗っけてホネホネの将軍やっつけるお芝居、やったことあるよー」

ヒヨまで同調する。幸い、背負われたラチェットは寝たままだが。

「まあ、楽しそうなとこじゃない。こっちの大陸来て初めて楽しそうって思ったわよ」

イシリーンは気楽だった。張り切って詰め込んだブツを（どさくさ紛れに本当に張り切っていたようだが）元の家に返却させられた時には結構むくれていたが。今では同行している〝物言わぬ楽団員〟らに興味あるようだ。

彼らは本気でなにも言わない。落ち着いた格好、物腰で紳士然としているが、この夜にサングラスをかけているのはよく分からない。ボニー・マギーの私的な始末人という話だが。訓練された工作員というより、職を得た喧嘩屋《けんかや》というほうが近いようだ。

そして、ケリーだ。執事だと自称しているが。かなりわけが分からない。こんな執事などはいるわけがない。

村から離れているというのはその通りで、森にはかろうじて道もあるが道幅は小型の馬車がようやく通れる程度だろう。がっしりした木々が鬱蒼《うっそう》と茂っていて大軍が容易に通れる道ではない。

「この森の、木々に絡まっている蔦《つた》には、猛毒の棘蔦《とげつた》が混じっていましてね。開墾はほとんど不可能です。道でない場所を通るのも。それが名前の由来でして」

「……そんなところに砦なんて、なんの意味が？」

「さあ。一説ではキャプテン・キースの宝を守っていたという話もありますが」

獣の遠吠えなども時おり聞こえる森を抜け、館が見えてきた。かなり大きい。砦を壊して建てたというが、外壁は残して砦そのものという気配だった。尖塔《せんとう》じみた屋根がその上に突き出し、森を一望できるのだろう。

門も大袈裟な鋼鉄製だ。ケリーに連れられて近寄ると、横にある見張り台から声がかかった。

「ダレダ……オマエタチ……コノ呪ワレタ地ニ足ヲ踏ミ入レテ生者ノ世ニ未練ハモウナイノカ……」

ケリーは横にいた楽団員から拳銃をもぎ取ると、即座に見張り台に発砲した。

「ぎゃー！　だ、だって役割ですので……」

「先週から非常事態だと言ってあるでしょう」

「で、でも、これやめたらわたし給料が」

「見れば分かることをいちいち足止めしないでください」

「だけどヴァンパイアどもは人に化けることだってあるって」

またさらにケリーは発砲した。跳ね返った弾丸が火花を散らす。

撃ち尽くした拳銃を返しながら、彼は告げた。

「三回も反論しないでください」

しばらくして、音を立てて門が開く。

門の中には武器を持った男たちが待っていたが、これは楽団員とは違うようだった。

びくびくとケリーを見やって、目が合いそうになると視線を伏せる。村人たちなのではないかと思えた。

「あ、あの、ケリーさん、村のほうは？」

「無事でした。革命闘士はまだ来ていません」

「あの、一度もどって様子を見ても……」

「構いませんが、そのために我々に護衛を出せとでも？」

訊き返したケリーの視線は冷たい。話しかけた村人は、返事もできずおずおずと引き下がった。

マヨールがイシリーンと顔を見合わせていると、彼は振り向き、特に声をはばかるでもなく言ってきた。

「余計な感傷に付き合うと勝てるものも勝てませんのでね。今は勝つことこそ肝要でしょう」

「なにと戦ってるんだ？」

ケリーは、そんなことも分かっていなかったのか、と面食らったようだった。

「当面の敵は当然、ヴァンパイアのバケモノどもですよ。戦術騎士団が軟弱にも、ローグタウンを明け渡してしまいましたからね」

庭から館へと入っていった。館も相当に物々しい。既に夜は明けていたがかえって黒々とした巨大な建物が重苦しい空気を漂わせている。窓はある。が、ほとんどカーテンで塞がれていた。

呪われた地に踏み入れて生者の世に未練はないのか……

そんな脅しの戯言は物笑いに過ぎないはずなのだが。

ここが裏社会の本拠であることも事実なのだ。

ふと気づけば、楽団員の姿はなかった。ケリーだけだ。彼が玄関の扉を開け、マヨールらを中に招き入れた。

「死ねえええええ！」

子供たちの声が響き、どたばたした足音と、それを追いかけるような矢の飛翔音が耳に入った。

ホールは散らかっていた。雑多な荷物――村人たちが持ち込んだものだろうか――や食糧などの物資、日用品が積み上げられている。本来なら荘厳な雰囲気もあったのだろうが、すっかり避難所の物置になっていた。

二階のほうからひょいと、ドレスの女が姿を見せる。ひらひらしたショールをはためかせながら階段の手すりに飛び乗ってそのまま滑り降りてくる。彼女が出てきたのと同じ通路から子供の群れが駆け出してきた。手にはボウガンや鋤《すき》や、物騒なものを持っているが。

「くらえ、ひとくいおんなー！」

手すりを滑る女を狙って、ひとりが矢を放つ。見当が外れて当たらなかったが。

「ほーっほっほっ！　そんなものにやられるほど甘くはなくってよ！」

女が高らかに叫んだところで、手すりが終わった。当然と言うべきなのか彼女は空中に放り出され、床に激突する。

俄然《がぜん》、子供たちは気勢を上げた。

「今だ！　とどめを！」

「くびをもいで飾れー！」

一気に階段を駆け下りてこようとするのだが……

はたと、ケリーの姿が目に入って、動きを止めた。

「ころしやだ……」

「いないと思ったのに……」

ぼそぼそ言ったあげく、ひとりが逃げ出したのをきっかけに、全員回れ右して退散していく。

「いいったーいい……」

思い切り打ちつけた腰をさすりながら、女が起き上がった。彼女を眺めてサイアンがつぶやく。

「ボニー叔母さん……」

マヨールはちらと、ラチェットとヒヨを見やった。ヒヨはきょとんと見返してきて、

「どしました？」

「いや、俺には言うのにサイアンには言わないなと思って。分かりやすいなお前って」

「ラチェのひいきですー。ラチェはひいきします」

「あっそ」

まあ、どうでもいい。改めてマヨールが向き直ると、その女は驚いたように声をあげ

た。

「あらー！　サイアンちゃんじゃなーい！」

　ふわふわと（としか言いようのない動きだったが）甥に近づき、がっしと顔を掴む。頬を揉みながら間延びした口調で続けた。

「どうしたのーこんな時に。片付いていなくて恥ずかしいわねー。姉さん元気？　相変わらず馬鹿？　手足短い？」

「長さはよく分かりませんけど……」

もごもごと喋《しゃべ》りにくそうに、サイアンが答える。

黒薔薇の暗黒王ボニーはにこにこと機嫌よくサイアンの顔を引っぱり回した。

「お久しぶりよねー、いつ以来？　家族会議で姉さんがブチ切れて火かき棒振り回したのって何年前だったかしらっけ。うちから送った身体に悪そうな飲み物、飲んだ？」

「いえあの」

と和んで（？）いる横から、ケリーが口を挟む。

「ボニー様」

「はぁいい？」

「なにをされておられたので？」

　子供たちが逃げていったあたりを見上げて、ケリーがうめく。

ボニーは肩を竦めた。サイアンを掴んだままで。

「暇そうな子供たちと遊んであげてたの。社会貢献よ。良いことでしょう？」

「はあ……」

「良いことしないと。良いことするのは良いことよ」

と言ってようやく、サイアンの顔を放した。

そこでマヨールとイシリーンに気づいたようだ。

「こちらの若い方々は？」

多少はよそ向きなのだろうか。すっと目を細めて姿勢を正した。身なりがしっかりしているので、そうしてみるとそれなりの威厳は備わる。

ケリーに先んじて、マヨールは自己紹介した。

「キエサルヒマから来ました。《牙《きば》の塔《とう》》のマヨール・マクレディです。彼女はイシリーン」

「あらー。遠いとこから来たのねー」

威厳もあっさり通り過ぎてしまうのだが。

「遠い人に会えるのも縁よねえ。ゆっくりしていってちょうだい。カーロッタとかいう人が死んじゃうまでの辛抱だから。殺しちゃうのは可哀想《かわいそう》だけど、死んだほうがいい人は仕方ないわよね」

「ええと」

サイアンと同じ調子で返事に困る。が、彼女は構わずに手を振った。

「じゃあわたしは子供たちの相手してあげないと。村の人たちを避難させたのはいいけど、みんな苛々しちゃって困るのよねえ。ちょっと世の中が混乱しそうだからって、大抵の人には関係ないのにね」

困ったことがあったらそこらの無口な人に言ってね、と言い置いてボニーは軽いステップで階段を上っていった。取り残されて呆然《ぼうぜん》としたマヨールに、ケリーがつぶやく。

「では、そのように」

「待って待って！」

引き留めると彼は、かなり心底不本意そうに振り向いてきた。

「なにか？」

「そのようにって。ぼくら、なにすればいいんですか」

「それは存じませんが……ご自分のお仕事があるならなされば良いのでは」

「ラポワント市に急ぎたくて、ひとまず安全を求めてここに来たんです」

「ではまあひとまず、安全ですな。いつまでかは分かりかねますが」

「状況を知らないんです。なにも。革命闘士との戦いは始まってるんですか？」

マヨールの問いに、ケリーは冷静なままだがはっきりと嘲る笑みをのぞかせた。

「彼らとの戦いは、とうに続けておりましたよ。十年かそこらか」

「小競り合いじゃない。決戦のことです」

「小競り合い？」

口元に手を当て、これ見よがしに疑問符を浮かべる。

「開拓地に潜伏した革命闘士どもは物資を狙って馬車を襲い、妻子もある男たちを惨殺して、従わぬ村があれば丸ごと焼き滅ぼすような真似もしてきましたが、もしかしてそれを小競り合いとおっしゃったのですかね？」

「ぼくが言いたいのは――」

「我々こそが奴らを知っているのですよ。都市に収まっていた魔術士でもなく、遠い島から来られたあなたがたでもなく。決戦だなんだと、なにを今さら。革命闘士は人々の生活の暗がりに涌《わ》く蛆《うじ》。奴らを駆除するのに昨日も明日もございません。それが、この地の今日の状況です」

嫌悪も露わに言い切って、今度こそ去っていく。その嫌悪が向いたのは革命闘士にだけではないのだろうが……

「そうかもね。でも――」

ふと、誰かが言った。

確かに聞こえた。マヨールは見回した。周りにいるのはマヨール、イシリーン、あと子供たち三人だけだ。

誰の声ともはっきりはしなかったのだが。ラチェットに似ていた。しかしラチェットは寝たままだ。

「………？」

イシリーンも同じく怪訝そうに左右を見ている。聞こえたのが自分だけだったわけではなさそうだ。サイアンとヒヨはなにも感じなかったようだが。

声には続きがあった。マヨールはゆっくりとそれを思い出した。声はこう言ったのだ。

「虫を駆除した後、闇はどうするの……？」

14

キルスタンウッズの住人全員がこの屋敷にいる……というわけではさすがになく、大半は輸送馬車などを使い、別の開拓村などに逃げているらしい。この黒薔薇の館に残ったのは避難先のあてがなかった者や、動かせない家族のいる者、移動を望まなかった者などだそうだ。

それでも百人以上をボニーは屋敷に受け入れ、部屋を開放して割り振った。理由は革命闘士からの防衛のためだ。キルスタンウッズの戦力も、本隊はここにはない。別の開拓村やラポワント市に出向いている。

キルスタンウッズの強みは、足だ。開拓地に網の目のような馬車網を持ち、熟練した輸送隊と、各地に蓄えた物資がある。そして本拠地といえるものがない。かろうじて言えるのがボニー・マギーのこの館だが、攻撃するのが困難であるわりには潰す意味がほとんどない。

戦術騎士団に対して革命闘士たちが持っていた強みを、キルスタンウッズも持っている。欠けているのは単純な戦闘力だ——強度の増したヴァンパイアへの対抗手段はあるまい。

やはり鍵を握っているのは魔術戦士の魔王術ではある。

夜が明けてマヨールは、屋敷のテラスに出た。思っていた通り森が一望できる。遥か遠くローグタウンまで……とはさすがにいかないが。

朝の風。陽光を浴びて考えをまとめようとした。決断しないとならないのは、まず、ここにいつまでいるのかだ。ラチェットを休ませてはいるものの、やはり目は覚まさない。

得られた情報には価値があった。ラポワント市に現れたカーロッタとシマス・ヴァンパイアによって戦術騎士団の攻撃は封じられ、妻を殺されたという市長による市民軍と革命闘士の全面抗争というシナリオが現実味を帯び始めた。キルスタンウッズはまだ態度をはっきりさせたわけではないが、どちらにせよ加担してカーロッタのローグタウンを攻めることになる。

　動きが分からないのは大統領邸もだ。革命闘士の抹殺を戦術騎士団に任せるつもりでいたがその出端《ではな》をくじかれた。のちのことを考えれば自前の戦力を投入して被害を受けることは避けねばならず、サルア市長に勝利されては困る反面、敗北もまずいと。

　膠着状態だ。

「なにか見える？」

　声をかけられたが振り返らず、マヨールは首を振った。

「特にはなにも。葉っぱばかりだ」

　イシリーンだったが、彼女はマヨールの横に並んで、手すりにもたれた。しげしげとあたりを見回し、言ってくる。

「変なところよね。財宝隠してるって、わりとありなのかも」

「ないだろ。サイアンが言ってたけど、キャプテン・キースの財宝はあの子たちも探したことあるらしいよ」

「ホント？　あったの？」

「地図はやたら見つかったって」

「どれか一枚くらいは本物だったんじゃない？　めんどくさそうだけど……」

「そうだな」

うわの空で言ってから。

ひやっとして見やると、イシリーンがじっと顔をのぞき込んできていた。思ったほど非難の気配はなかったが。

「またしょーもないこと考えてるって感じね」

「まあまさに、しょうもないことだよ」

マヨールは認めた。テラスを見回してから、剣を持ち上げる。

部屋に置いておく気にはなれず、持ち歩いていた。鋏だ。

「戦術騎士団が動けないとすると、これが……意味を持ってくるかも」

「やめてよね」

イシリーンは一蹴した。

「なんかの重要人物にでもなったつもり？　あの結界じゃ、外に出るには他にどうしようもなかったけど、今度はなんなのよ。帰る家があるなんて言ってたくせに」

「それは分かってるけど」

「先生は死んだ。リベレーターのクソ野郎をぶっ殺すため。そうね？　そこまでは無関係とも言えなかった。でもその始末はつけた。あの校長に頼まれたのはローグタウンの様子を見てくることで、やり過ぎるくらいの仕事は果たしたでしょ、わたしたち」

「……俺のこと、心配してる?」

マヨールが茶々を入れると。

彼女は一瞬目を閉じたが、嘆息して言い直した。

「それ言ったらわたしが『そんなことないわよ! 好きにすれば!』って? 悪いけどこの場合はノー。カーロッタなんて縁もゆかりもない。それを殺せそうだから殺しに行くなんて、正気の人間の考えることじゃないわよ」

イシリーンを見返して、その目の本気さなど、推し量るまでもなかったが。

まったくの正論だ。マヨールはつぶやいた。

「本気で検討してるなんて思わないでくれよ。英雄になりたいわけでもないし。英雄気取りの殺し屋も嫌だ」

手の中の剣を振りながら、続ける。

「ただこれは、必要な誰かに預けるべきなのかも……」

誰かは分からない。動けない戦術騎士団に渡しても意味なさそうだが。

物思いに耽《ふけ》るにもそう長くはなかった沈黙の間に、庭のほうから騒ぎが聞こえた。

誰だ、といった誰何から始まったようだった。だがそこからばたばたと人が倒れ、庭に出てきた物言わぬ楽団員らが数秒もかからずに打ち倒されていた。とうとう銃声が響いた。だが終わらない。

門は開いていない。侵入者は塀を越えて入ってきたらしい。マヨールが見下ろすと、恐らくは発砲したのであろう楽団員が、逆に吹っ飛ばされたところだった。声が聞こえた。構成も見えた。魔術だ。

構成は精緻で素早く、なにかは分からなかったが攻撃術だろう。楽団員は昏倒したが負傷もしていない。無駄がまったくない。そして隙もない。飛びかかる楽団員らを次々と片づけ、あるいはかわして庭を歩いているのは――金髪の、小柄な少女だ。

分からないままマヨールはイシリーンに目くばせし、テラスから飛び降りた。重力中和し着地する。玄関の手前でその少女と対面した。

「…………？」

見覚えがあるようにも思う。だが知らない。奇妙な感覚だった。

ただ言えるのは、年下であろう彼女は抜群の達人で、そして……

（俺を知っている？）

という気がした。彼女はマヨールを見てにっこりし、お辞儀した。

「ようやく追いついた。ごめんね、遅れて」

「え……？」

「どうする？　帰る？　その女捨ててわたしと来る？」

「なにを言って――」

彼女に指さされたイシリーンはすっかり面食らっているが、マヨールもただただわけが分からない。その少女だけがひとりですっかり合点している様子だった。

そして。

背後で扉を蹴り開ける、激しい物音とともに。飛び出してきた影があまりに速く、マヨールとイシリーンの間を突っ切って少女に飛びかかっていった。

ヒヨだった。ヒヨだけではない。背中にラチェットがしがみついている。ラチェットは起きていた。耳元でなにかを囁いているように見えた。

問答無用でヒヨは相手に蹴りかかっていった。左右に跳んだかと思えば上下、標的を飛び越えて回り込み、次々に激しく攻撃を重ねる。身体強化したヒヨの背中にどうにか摑まってラチェットは振り回されていたが、ヒヨは重さを苦にしてないようだ。迅速、強烈に打ち掛かっていく。かなり手強《てごわ》そうに思えたが……

だが相手は。金髪の少女は薄笑みすら浮かべて、それをかわしていく。風に吹かれている程度の動きで、最小限に。いつでも反撃できたのだろうが余裕を見せている。

かと思えば――

「――――！」

ほんの一瞬。少女は身を揺すると腕を振った。ヒヨには当たらなかった。だが少女とヒヨがすれ違うと、苦悶の声をあげてラチェットが引きはがされ、叩き落とされていた。

「くそうっ……！」

打たれたらしい胸を押さえながら、ラチェットがうめく。

彼女が離れてどうしたらいいのか迷ったか、ヒヨも動きを止めた。その背後に少女がいる。すっと軽く触れる程度、ヒヨの首元に指を這わせた。

「痛っ」

ヒヨがよろめく。首に小さな傷ができていた。爪でちぎったのだろうか。頸動脈《けいどうみゃく》の位置だ。

少女が告げる。

「もう一度摘《つま》めば、血管に穴が開くよ」

「………………」

傷を押さえてヒヨが後退する。怪我は魔術ですぐ塞げるだろうが……恐怖心はそうもいかない。

マヨールは身構えた。どうすれば戦える相手なのかも思いつかないが、そもそも考える間もない。

ぽんと気遣うようにヒヨの肩を叩いて押しのけ、少女は進んでくる。マヨールを見ている。いや、それよりも——剣を見ている。

マヨールの目の前で、彼女は足を止めた。

出し抜けに言う。

「友達が捕まってるって言えば、行くのよね」

友達？　誰か。何処《どこ》へか。君は誰か。

疑問が一斉に浮かび上がるが、口をついて出たのはこれだった。

「俺に用なのか？」

「うーん……まあ、そうだね」

「なら、どうして普通に入ってこない」

庭に倒れている人々を目で示して、言う。

彼女はようやく顔を曇らせた。

「どうだろ。別に、邪魔ってほどの手間とも思わなかったし」

「常識を——」

「めんどくさ！　今、生まれて初めてめんどくさいって思った。あのさ。エッジ・フィンランディがローグタウンに捕えられてるよ」

「えっ」

マヨールは自然と、ラチェットのほうを見やった。ラチェットは下がってきたヒヨを抱きかかえ、庇《かば》うような格好でその闖入者《ちんにゅうしゃ》を睨みつけている。

手をひらひらと回して、その少女は続けた。

「彼女、あなたたちを助けに来たのにね。見捨てる？」

ぼそりと小声でうめいたのはイシリーンだった。

「……魔王の娘が革命闘士に捕まったなら、無事なわけが……」

「それがね、無事なの。今のところはね」

「お前は何者なんだ。なんのつもりで――」

詰め寄るマヨールから逃げもせずに、彼女は口を開いた。

「だから、わたしはマルカジット。合成人間。目的はね、ヴァンパイアを全滅させること」

「合成……？」

「そだよ。天然さんたち。もっと喜んでも良いんじゃない？　パーフェクトリーに物事を処理してくれる仕組みが、この世にあるんだからさ。特にあなたは感謝してくれてもいいくらい。あなたの代わりに、わたしが使い捨てられてあげるから。この世界のために」

その言い草は、どう考えたところでぞっとしないものだったが。

邪気もなく笑う彼女――マルカジットと、珍しく暗い眼差しで睨むラチェットとを見比べて、マヨールは言葉もなかった。

15

ぱかっと目が開き、起き上がるまでおおよそ三秒ほど。

ラッツベインは上体を起こすと医務室の中を見回した。

そして最初に目についた相手に話しかけた。

「あのさ。母さん。もう家に帰れるようになってる？」

「……家って、ローグタウンの？」

リンゴの皮を剥こうとしていた手を止めて、母が訊き返してくる。

ラッツベインはうなずいた。

「他に家ないよね。わたしの知らない家あるとかやだよ」

「ないわよ」

「えー。ないの？」

下唇を噛んで言うと、クリーオウは複雑そうに顔をしかめた。

「やだって言ってたじゃない」

「でも、素敵な白い別荘が頭を過ったんだもん。馬もいたもん」

と、話が逸れかけているのをぎりぎりで察して、頭を支えた。

「うーん。わたし結構寝てた？」

「結構っていうか、何日もね」

「うっわー。だからか。背中痛た」

言いながらベッドから降りようとすると、慌てた様子で母が制止してきた。

「ちょっとちょっと。起きる気？」

「だってもう、起きたよ」

「そうじゃなくて。使い魔症よ。ちゃんと経過を見ないと」

母の声というか、鼻先になにげなく突きつけられた果物ナイフで止められて、ラッツベインはベッドに後もどりさせられた。

といっても眠る気はなかった。

「母さんだって昔、無理やり退院したでしょ」

「無理やりはしてない――」

はたと、母が訊いてくる。

「そんな話、したことあった？」

「あれ。そういえばどこで聞いたんだろ」

「ほら。記憶が錯乱してる。下がりなさい」

クリーオウはナイフを引っ込めてくれたが、代わりに犬が顔を上げて近づいてきた。

この犬は場合によっては刃物などよりよほど厄介だ。基本、大人しいのだが母の言うことにしっかり従う。それだけならまだ良いのだがこの頃は末妹の命令にも従うようにもなって、ラッツベインやエッジはたびたびこの犬に組み伏せられていた。なにも食べないし時々は大きさも変化する。どうも普通の犬ではない気がうっすらしているのだが、誰に言っても信じてもらえない。ヴィクトールなどからはカウンセラーの名刺まで渡されてしまった。

音もなくベッド横に移動してくる犬に、ラッツベインは手をかざした。

「行かないとならないの」

と。

犬はすんなり横にどいて腰を下ろした。

「…………？」

一応、申し訳なさそうにクリーオウを見上げる犬を、ふたりで見下ろして。思わずきょとんと目を見合わせる。

分からないままだったがこれ幸いと、ラッツベインはベッドから飛び降りた。

「行かないと！」

「駄目だって言ってるでしょ！」

クリーオウは叱るように犬を見ながら、出口に回り込む。

ラッツベインは覚悟を決めて腰を落とした。自然体だが力を込めて拳を固める。

魔術士、いや魔術戦士として。務めを妨害する者と敵対したことは何度かあった。とりわけ狂暴化した革命闘士と。

無論だが、母とやり合ったことなどは一度もない。クリーオウはいまだナイフを持ったままだったが——ラッツベインの様子を見て、刃物を置いた。

だが代わりに無手で構えを返してきた。ラッツベインの知る母は、家にいてオーブンから取り出した七面鳥の焼け具合に不満そうにしていたり、風で飛ばされた洗濯物をぶつぶつ言いながら洗い直している母だけだ。なるべく聞かないようにしてきた開拓期の伝説では魔王の護衛などと呼ばれた母には詳しくない。

それでも自分は魔術戦士だ。やるべき時にはやらねばならない。そして……

「あっ」

気づいて回れ右する。

「寝間着だった。着替えないのー？」

部屋を見回して、服が入っていそうな荷物を探す。

母は軽く肩をコケさせて、ぐったり指さした。部屋の隅に旅行鞄《かばん》と、愛用のワニの杖が立てかけられている。

「あったー。あ、着替え中はタンマだよ？　邪魔なしだよ」

「分かったわよ。もう止める気も失せた……仕事なら口出しはしないって約束だし」

「あれ。そんな約束したっけ。また錯乱？」

寝間着を脱ぎながら訊ねる。母はかぶりを振った。

「あなたの父さんとの約束」

「そうなの？……あ、あの大喧嘩？」

着替えの手が一瞬止まる。ラッツベインとエッジが戦術騎士団に入るという話が持ち出されてからの数日間——あるいはその後の物言わぬ争議も含めれば何か月も、両親はかつて例を見ないほどの言い争いを続けた。

椅子に座り直した母を、慰めるように犬が鼻で押す。その鼻先を撫でながらクリーオウはうなずいた。

「そうよ」

「あの時は正直、離婚も覚悟したかなー……」

「それはない、かな。わたしが覚悟したのは、今日みたいなこと」

「え？」

「ここで引いたら、いつかこう思うようになるって——あなたたちのすることを止めようとするのはわたしの我儘でしかないって」

母は寂しく笑みを浮かべた。

「でも、我儘で止めていいはずだったのよね。我儘っていうのは、一度引くともう二度と通せなくなる」

「…………」

沈黙したラッツベインに、母は手を振った。魔術でも解くように。

「いいのよ。正しいと思うしかなかったから約束したの。あなたたちを永遠には守れない。親不孝ならわたしも大概だしね」

「助けに行かないとならないの……エッジとラチェを」

ぽつりと、ラッツベインが漏らした言葉に。

予想ほど、クリーオウは反応しなかった。溜息《ためいき》というほどでもない息をついて、

「エッジはラチェットの救出に行ったのよ」

「想定外の危険。わたしにもよく分からないけど。ふたりが助けを求めてる」

「……娘を三人失うこともあるわけね」

「母さん」

「愚痴よ。もう子供を失った人の前じゃ言えない。わたしたちの立場じゃ特に……でも、立場ってなんなのかしらね」

それは分かるわけがない。分かったようでも分かりはしない。

だが母の愚痴は、自分自身のためではないとすぐに察した。娘に向けた眼差し。彼女はラッツベインを憐《あわ》れんだのだ。

「わたしは父さんの尻を蹴り上げて我慢する。けど、あなたはどうするの？」

ラッツベインは微笑《ほほえ》んだ。

「わたしは蹴られた父さんに優しくして、良い子のポジションを守るよ」

その返事を、クリーオウはしばし吟味したようだった。虚空を見上げていたが視線を下ろして、

「そうね。安心材料としては、娘はわたしより賢いようだわ」

「でしょー。まあ父さんも師匠もエッジもラチェも頼りないけどさ。助け合ってどうにかするよ。そのために魔術戦士なんてやってるんだし。みんなが駄目な時、わたしなにかやることとあるかもしれないから。そういうのも、立場でしょ？」

言って、着替えを終わらせる。

しゃん、と杖を突くと犬が顔を向けた。出口に歩いて、そこで待つ。

クリーオウがつぶやいた。

「……一緒に行くつもりみたいね」

「そうかな。この犬、噛まないよね？」

「噛んだことないでしょ」

「でも、犬は噛むじゃん」

ぶつぶつと出口に向かう。

犬は本当についてくるつもりのようだった。大袈裟になる気がして母に別れは言わず、ラッツベインは医務室を出た。

16

「まあ犬連れてるといいこともあるよね。足下が暇じゃないしさ。毛もじゃがうろついてるとあったかいかもしれないし」

廊下を歩きながら、見下ろして言う。

犬は話を聞いて同意とも不満ともいえない微妙な目つきをするばかりだが。

「あと独りごと言っててもそんなに変に見えないかもね。いや変か。犬と話さないよね」

てくてく進んでいく。足音のない犬がついてくるのを時おり確かめて。

眠っていた数日の間になにがあったのか知らないが、校内の雰囲気はまた変わって感じられた。人が減っているのにざわついている。

暗く重い雰囲気――というよりは浮かれているのかもしれない。人が減っているのは避難所であるこの学校から出て行った者も多いのだろう。リベレーターの脅威は去り、あとは革命闘士の残党を退治するだけ……と考えている魔術士もかなりいそうだった。

これから会わないとならない人数を数え上げて、ラッツベインは嘆息した。

「ひい、ふう、み……結構めんどいかなー。でもなんか、みんな同じとこにいそうな気はするかな」

予想を抱えて階段を上り、校長室に向かう。

校長室の前に人だかりが見えたのでもめごとかと思ったが、知っている顔を見つけてさらに疑問を感じた。車椅子に座ったマキ・サンクタムと、あとスティング・ライトだ。かなり珍しい取り合わせだったが、さらにひとり、これは分からない顔があった。男の子だ。扉が開いたままの校長室を、腕組みして睨んでいる。

他のふたりも室内の様子を注視しているのは同じで、扉が開いているのはどうも、この三人が中の話を聞けるようにということのようだ。ラッツベインが近づくと、最初に察したのはマキだった。

「あ」

「なにかあったの？」

ひょいと中をのぞく。

その鼻先に吹き付けるように、声の爆弾が空気を揺らしていた。

「アタシならやれるヨ！　見つけてヤレル！」

後ろ姿だが声の調子ですぐに思い出した。ベイジット・パッキンガムだ。前に家に泊まりに来た、マヨールの妹。

彼女は詰め寄るというより机の端に齧《かじ》りつくように前進した。

「だから任せてヨ。アタシが行く！……恩返しダヨ」

「特に君の信用がどうたらいう次元の話とは思って欲しくないが」

オーフェン・フィンランディはベイジットに苦笑いを向けながら、ちらりと、ラッツベインのほうにも視線を投げた。

注意をもどして話を続ける。ベイジットは夢中で、こちらに気づいてないようだが。

「そのためにこの俺がカーロッタ・マウセンに頭を下げるというのがどんな政治問題になるか、想像もつかないとは言わないよな？」

「打つ手ナシにじっとしててもオンナジでしょ？」

「決め手を打つって話になるなら、そうだな、君には信用がない」

「ナニがいります？」

「適切な防衛力、自制心、あとは説得力だな。特に最後のは、敏感な状況を乱してうちのゴロツキどもも危険にさらすからには、是非とも必要だ。手下がキレて俺を殺さないためにも」

　と、横を示す。

　ラッツベインもつられて見やったがそこには師匠がいた。壁にもたれて、珍しく怒った顔つきをしている。怒ったところで威厳のある魔術戦士というよりは拗《す》ねた子供のようだったが、彼が見据えていたのはベイジットだった。

　ベイジットはまったく目を逸らさず校長だけを突き詰めている。

「校長センセがついてきてもイイですよ」

「それこそ論外だ。できるならとっくにしている」

「ソレってできないんじゃなくって、やるタイミング待ってンでしょ？」

「その時はもう奴を殺す時だ。君の希望には添えないな」

「だから……」

　ベイジットはさらににじり寄って、机に上りそうだった。

「殺し合いにならずカーロッタと話せる機会を、アタシが作る。コレでどう？」

「…………」

　無表情で、なんの関心も示していない父の顔は。

　ラッツベインはなんとなしに直感したが。

（……面白がってる、父さん）

ともあれ外面だけは保ったままで、オーフェンは肩を竦めた。

「そろそろ手厳しく言うが、やってから言え、てとこだな」

「ならチャンスくれます⁉」

「堂々巡りだ。パラドックスに付き合ってる暇はない」

一蹴して終わる。

それでも数秒食い下がっていたベイジットだが、だん！　と机を叩いて回れ右した。怒りもあらわに退室する。廊下の三人も一緒に去っていったが、ラッツベインは入れ替わるように校長室に入っていった。ついでに犬も。

扉を閉める。

「起きたのか。具合は？」

訊いてくる父に、ラッツベインはうなずいた。

「うん。悪くないよ」

「見え透いた嘘をつく程度には良くもない？」

「うん。良くもない」

見回して、師匠と目が合った。

「師匠、痩せました？」

思ってもいなかったのか、師匠は目をぱちくりした。

「さあ。ストレスかな。必要な時に力がもどってこないのは、きつい」

「今、必要そうなんですか？」

「……君が動けない間、ずっと追っていたシマス・ヴァンパイアが向こうから現れた。仕留められなかったよ。やり合うことすらできなかったけど」

「疲れてるからって変になってちゃ駄目ですよ、師匠」

「え？」

また意外そうにうめく師匠に、告げる。

「いつもだったら、やらずに済んで喜んでるくせに。どうせ給料上がらないしってぼやいて」

呆気に取られたのか、師匠が父と顔を見合わせる。

父のほうは眉間に皺を寄せていたが。

「待遇が不足で悪かったな」

「いいじゃないですか、不満がそんなものなら」

口を尖らせて、師匠が抗弁する。

頼りない中年ふたりを眺めながら、ラッツベインは話をもどした。

「それで父さん、大事な話なんだけど」

「ああ」

「今の、わたしがついてけばいい？」

背後の扉を指さした。

「………………？」

中年たちはしばらく分からなかったようだが。ベイジットの話のことだと理解して訊き返してきた。

「聞いてたのか？」

「え？　ちゃんとは聞いてないけど。だいたいは想像ついたかなって」

「ベイジットは魔術士側から交渉役をローグタウンに送って、カーロッタと話し合いをしろと提案してきたんだ」

後ろにもたれて、父がうめく。

ラッツベインも、まあそんなところだろうとは思っていたのだが。

「うん。わたしもそっちに用事があるから、名目あるほうが都合いいし」

「用事？」

「エッジとラチェットが、助けてって」

「ネットワークか？」

さすがに顔色を変えて、父が姿勢を正す。ラッツベインはうなずいた。師匠にも言う。

「具体的な状況は分からないけど、ふたり困ってるみたい」

「お前、ちょっと出かけるみたいに言うけどな……」

と、父だ。額を押さえて困惑していたが。

「でも父さん、さっきの話、実行できるなら悪くないって思ってたでしょ？」

「どうしてそう思う」

「本気で止めたかったら拘束くらいするじゃない」

「俺をあてにしてる程度なら大騒ぎするほどでもないだろ」

そのまま頬杖をついて続ける。

「顔ぶれも問題だ。そもそもなんでベイジットなんだというのがあるが。マキ・サンクタムにスティング・ライト、戦術騎士団主力の身内をわざわざ差し出せば、俺が白旗振ってるようにしか見えない。お前まで加わればなおさらだ」

「でもそれくらいないと、カーロッタも受け入れないでしょ？」

「恐らくな」

「見送ってると負けちゃうよ。勝ってる父さんも鬱陶しいけど、負けられちゃうのも困るよ」

「……さっきも言ったが、説得力だな。魔術士社会を代表してカーロッタと交渉するならそれらしく見える人選が必須だ」

「それ集めたら許してくれる？」

「いいや。俺を無視して離反してもらわない限り、無理だ」

父親の言い方に、ラッツベインは半眼でうめいた。

「もうそっちで思いついてるんじゃゃん。うざーい」

「俺から言い出したくない。ベイジットもうその方向で考えてるだろ」

「まったくもう。おっさんたちって、肝心な時全然働かない！」

「捨て台詞はしたないぞー」

父親の声に追われながら、校長室から出ていく。

廊下を走ってベイジットらを探した。

二階下りた階段で見つける。スティング・ライトがマキの車椅子を抱えて、マキは手すりに頼って自分の足で下りていた。ベイジットともうひとりの男の子は先頭にいる。どたばたと下りていったラッツベインに気づいて、全員足を止めた。

「待って待って！」

「なんなの？」

声をあげたのはベイジットだ。

（いかにも不良っぽくて苦手なタイプだよね、この子）

などと今さら感じるが。

避けてもいられない。犬を連れてスティングとマキを追い越し――マキに手を振りながら――四人に取り囲まれる格好で、ベイジットに目をもどした。

「わたしを利用してよ！」

「……ハ？」

「なにかっちゃ人を使うんでしょ？　口先だけで。エッジがすごく嫌ってて、どんだけ悪口聞かされたか――」

「チョイ待って待って」

今度はベイジットのほうから制止されて、ラッツベインは口をつぐんだ。

ベイジットは困惑した目で周りを見てから、こっちの手を取って引っ張った。階段の下まで移動して、声をひそめて言ってくる。

「人聞き悪いネ。なんなの」

「え。確かにエッジは悪口ばかりで品よくないよね」

「アンタだってば！」

「えー。わたしそんなでもないよ。人の悪いことは言わないもの」

「ホントに？」

疑わしげなベイジットに、やや失礼だよねと思いながら。

ラッツベインは胸を張った。

「そうよー。生きゾンビみたいなしょぼ枯れ師匠と一緒にいても全然、師匠を立ててご機嫌取りばっかりしてるんだから」

なにひとつ疑問などない事実なのだが、ベイジットはなんでか怪訝な体勢を崩さない。あろうことかこんなことまで言ってきた。

「アンタ苦手なタイプだなー。ピンときた」

「えー！」

ショックを受けて声をあげる。

「そういうこと言っちゃ駄目だよ！　傷つくから！　わたしのほうが先にあなた苦手って思ってたし！」

「言ってンじゃん」

「言ってないよ！　わたしはそういう人を傷つけるようなこと言わないもん！」

「苦手ダー……」

二の腕をぼりぼり掻き始めたので、痒《かゆ》みを感じるほどなのだろうか。

ともあれ。

内緒話にもなっていなかったので、他の三人（と犬）も階段を下りてきた。

この中では味方になってくれそうな顔を探して、言う。

「ねー。マキは分かるでしょ。わたし基本、うちのしょうもない社会不適合家族の中では一番人当たり良いんだから」

「ええ、まあ……」

微妙に苦笑い気味ではあったものの、マキが同意する。スティングの運んできた車椅子に座りながら余計なことも付け加えた。

「ぶち当たり系ですよね」

「なにその内角に抉《えぐ》り込む的な系……」

杖をねじる手つきで不本意にぼやいていると、スティングまで話に入ってくる。

「戦術騎士団ではエド隊長ですら話を避けたがる唯一の魔術戦士という評判が……」

「なーいーよー！　そんなわけないよ。だってエドさんはご近所さんで昔から遊んでもらってたもの！」

「そういえば、父さん役の人を泣かせたことあるって本当なんですか？」

「ないってば！　ネズミが駄目にしちゃった辛子粉二十キロを特に考えずエドさんちの玄関先で燃やしたことはあるけど、そういうのはノーカンだし」

「なんでノーカンなのかをまず知りたいですけど」

「ひどーい。味方が動物しかいない気配……」

仕方ないので犬に縋《すが》る。まあ犬も若干目を逸らしたような気がしてならなかったが。

しょせんは犬だし仕方がない。

「それでナンなの？　利用って」

今度は首を掻きながら、ベイジット。

いろいろショックが重なり過ぎてラッツベインも話を見失いかけていたのだが、どうにか思い出した。

「あ、そうそう。悪事を企《たくら》んでるんでしょ？」

「悪事ッて？」

「裏切り」

その一言で、ベイジットは掻く手を止めた。

「ドウシテ？」

「えーと」

ラッツベインは考え込んだ。どうしてというのは、ややこしい問いだ。

「それって、どうしてそんなひどいこと言うのかってこと？　それともどうして裏切りってこと？　それはあなたが分からないならわたしにも……」

「裏切りじゃねえよ。俺は別にお前らの仲間じゃねえ」

言ったのは名前を知らない男の子だ。

ベイジットがそっと、彼の肩に手を置いた。なだめるように。

「じゃあモウどうしてはイーや。あんたのナニを利用しろってノ？」

「わたしもローグタウンに用事があるんだけど、行っても殺されたりとかそーいうのしないようにしないとならないでしょ」

「ドシテ?……いや、どうしてってことないな。エート……」

どうにもやりにくそうにしているベイジットだったが。

スティングがまた口を挟んできた。

「それはまお――いや校長からの命令なんですか?」

「ううん。裏切ってもいいよなんて正式な命令出ないよ」

「密命……?」

なにやら震えが来たらしい。きらきらと。

子供たちのほうがわりとしっかりしているようだった。ちらっと目配せして言ってくる。口を開いたのは知らない子のほうだ。

「カーロッタを殺しに行くのか?」

「……そんな物騒なこと小さい子が言っちゃ駄目だよ」

「小さくねえよ!」

怒鳴る横から、マキがつぶやいた。

「裏切るってことは、カーロッタ側につくんですか。ぼくらがそうするって思ったんですか?」

「うーん……そんな単純でもないよね。今はもう、誰がなにをどうしたいかわけ分かんなくなってるんじゃないかな」

「ラッツベインさんは？」

問うマキに、ラッツベインは告げた。

「わたしはとりあえず、馬鹿な妹たちの世話してあげないとなんないだけ。お姉ちゃんだから」

「ラチェットたち、危ないんですか？」

「うん。まあ、風前の灯火かな」

なんとなく他人事のように言う。といっても、実際に現実感はないのだが。だがまだネットワークでの妹たちとの混信は続いていて、感情だけは伝わってくる。

みんなの目を見て言い足した。

「しっちゃかめっちゃかでね。わたしもよく分かんないの。でも、かなり駄目みたい」

「ソンデ……利用って？」

ベイジットにラッツベインはうなずいた。

「それはね――」

「これは無理あるでしょうよ……」

ロープでぐるぐる巻きにされた母に、やるせなくそう言われればどう答えれば良いのか。

ラッツベインはよく分からなかったが、まあこれだけ答えた。

「でもしょうがないじゃない」

と、母の背を押して馬車の荷台に上げる。

馬車は市内から盗んできたものだ。といってもリベレーターに破壊された区画に半ば放棄されていたものを魔術で修復した。持ち主は恐らく、いないだろう。

馬はいないので犬を無理につないでいる。犬は馬くらいの大きさになっているが、轡《くつわ》を嵌《は》められるのは断固として拒否した。一応馬車に固定はされたので、遠目になら馬っぽくは見えるかもしれない。これも無理はあるが。

「次、わたしの番、誰かやってよ」

別のロープを持って見回す。手が空いていそうなのはベイジットだった。向こうではスティングがビィブ（よく知らなかった男の子だ）に縛られている。

「痛てて。だから加減しろって。そもそもこれ、縛る必要ってあるか？　見せびらかしてくわけでもねえんだし――」

「アリバイ作りってのは必要だろ。しゃあねえじゃんか！」

と、ビィブ。

ベイジットがのろのろと気乗りせず、ラッツベインのロープを受け取った。

「古典的な手なんだろうケドさ、ナンカこう、〝マジ？〟って感じなんだけど」

「でも、こういうことでしょ……違うかな」

自分でもだんだんと半信半疑になってきたが。

ラッツベインの身体にロープを回しながら、ベイジットは続けた。

「オオマチガイもオオマチガイでさ。でもアタシが言いたいのって、案外こんくらいのほうがうまくいくカモねってことなんよね」

「そうなの？」

「変にモットモらしい嘘は見破れても、ホントの出鱈目《でたらめ》って否定のしようがないだろうしネ。ラポワント市に潜入してたアタシが魔王の妻子と魔術戦士の身内を捕えて人質にしてきました、ッて説明受けたカーロッタがどんな顔すっか、想像つかない」

「びっくりするかなー」

「しないかもね。でも真偽を確かめるにはアタシがナニモンか調べるしかナイ。興味を引けるなら、アタシの目的には合うヨ」

「興味を引くのが目的なの？」

問う。ちょうどベイジットが背後に回っていたので顔は見えなかったが。

それでも笑った気配は感じ取れた。

「対等に話をするには、必要ダロ？」

「まあ、そうかな」

「アタシはさ、知りたいダケなんだ。あのカーロッタ・マウセンの掲げてる革命がどんなモノか。人間を熱狂させて死にまで追いやっても、やるほどのもんなのか……」

言いながら、ぐるりと前に回ってきた。じっと見ていたラッツベインの目と合って、はたと、狼狽えたように真っ赤になる。

「お、オーゲサに言うとそんなヨーナことって話だよ！」

振り回した手に突き押されそうになったので避けながら。

ラッツベインは笑いかけた。

「ラチェがね、お兄さんもあなたに会いたがってるって」

「…………」

ベイジットが沈黙したのは、その言葉の意味をしばらく考えたからなのだろうが。

やがて腕を掻きながら回れ右した。

「苦手ダー……」

ロープは無事に（？）ラッツベインを縛っていた。きつくはないが、外れもしない。具合を確かめながら馬車に乗り込む。先に乗っていた母は、どうにかマシな体勢を探そうと、床に何度も座り直しているようだった。

「どう？　母さん」

「どうもこうも……」

「あと三人乗るんだから、詰めてよ」

「あのね。それが娘にかどわかされて仇敵《きゅうてき》のところに送られる母親に言うこと？」

文句を言う母に、ラッツベインはまた繰り返した。

「だからしょうがないでしょ。それに、母さんだってちょっと会いたいんじゃないの？」

「誰に？　カーロッタに？　鋸《のこぎり》で腕を切り落としてやって以来の感動の再会？」

クリーオウはぶつぶつ言っていたが――

ふう、とため息をついて言い直した。

「……そうね。会ってやりたくはあるわね。久しぶり過ぎて」

「父さんも、本当は話したがってるでしょ。みんなちょっと、顔も見ないで勝手に考えるのに慣れ過ぎだよ」

「あなたのそういうの、お花畑から言ってるんじゃないといいんだけど」

「大丈夫。カーロッタなんてどうでもいいの。当人も分かってるだろうけど、本当にまずい敵はそんなとこにはいないんだよ」

「あなた、なにか知ってるの？」

うーん、とラッツベインは虚空を見上げた。

「ラチェはなにかに気づいたみたい。会ってみないと分からないかな」

そこまで話したところで、騒がしくスティングとマキが乗ってきた。車椅子を載せるスペースはないのでマキは不安そうだったが、最後にビィブに肩を貸してもらって乗り込んだ。

ビィブも乗って、満員だ。御者席にはベイジットが回るが、つながってもいない手綱を持つ、格好だけの御者だった。馬車が走るのは犬任せだ。

「じゃあ、出発するけどサ」

後ろを向いて、ベイジットが言う。

「シュンとしててよ。馬鹿っぽいケド、それらしくはしないとネ」

「はーい」

ラッツベインだけが返事する。

馬車は動き出した。準備していたのは街の裏路地、日が暮れてからだった。学校からここまで抜け出して、馬車を手配したスティングらと合流した。クリーオウやラッツベインが行方をくらましたという情報は夜中までは出ない予定だ。それまでには市内を出て、革命闘士と接触しているはずだった。

月に映えるスウェーデンボリー魔術学校のシルエットを見上げながら、ラッツベインは声に出さずつぶやいた。

（これで終わるんだと思うよ、父さん……ほんの少し、なにかが見えてくるだけかもだけど）

こちらを見返している目も感じながら、背を向けた。

17

「これで終わるんだと思いますか？」

マジクのつぶやきに、オーフェンは顔を上げた。

変わらぬ校長室だ。相手を見据えて、訊き返す。

「なにがだ？」

「シンプルだったはずの状況をややこしくする動きがですよ」

彼は暗い目で壁を見ている。会議室に貼ってある地図とはまた別の、原大陸図が貼り出してある。

戦術騎士団の魔術戦士ブラディ・バースの言う〝シンプルだった状況〟とは、地図にある一番古い書き込みだ。ローグタウンにつけられた印。カーロッタ率いる革命闘士、オーロラサークル。世界にとって滅ぼすべき敵。巨人化という純粋な害悪。壊滅災害を謀った罪状……

確かにシンプルだった。ほんの数日前のことだったが。

それはそれとして、オーフェンは嘆息した。

「お前さ」

「なんですか？」

「悪の幹部みたいだぞ。なんか……なんとなくの感じが」

「ぼくらは悪党でしょうよ」

冗談にも乗らず、マジクはますます陰にこもった。

「どれだけの悪行であろうとやり遂げる。だからやってこられたんです。世界を滅亡させずにね」

「それじゃあ長くは保たないと分かってた。だから悪党なんだろう」

「校長？」

「悪党が欲を出して長生きもしたいと願えば、悪じゃ済まなくなる」

「それは……」

反射的に口に出そうとした言葉を呑み込んだのだろう。マジクの返事は数秒遅れた。

「だから、これで終わりを望んでいたんですよ」

「大戦闘で華々しく死んでおきたいって奴は多そうだ。さもありなんだ。馬鹿な悪党どもが想像できた世界の終わりは、せいぜいがここまでだからな」

地図の中心を指し示して告げる。ローグタウンに居座るオーロラサークルを。

世界終焉《しゅうえん》の入り口を意味する言葉だ。頭の中を自分自身の皮肉が過る——カーロッタは、俺がここでこう言うのを見越して名づけたのか？

答えは同じだ。

（どうでもいいことさ）

どうでもいい相手なのだ。それが彼女の怖さだった。

強敵であるし、実際に勝てるかも分からない相手だが。カーロッタ・マウセンが倒すべき最大の敵であったことは一度もない。キムラックでも。原大陸の開拓時代、新キムラックでも。カーロッタ村にいても。そして今、オーロラサークルでも。

カーロッタはそれをよく知っている。だから平気でこの学校にも乗り込んでくる。

（そう。俺たちに見通せるのはせいぜいがこのへんだ……）

マジクに向き直って、言った。

「お前の死に場所を奪おうとは言わない。それくらいの義理は感じてる。どうせ、避け切れはしないさ。だがお前も、悪党の本分は通せ」

「本分？」

「カタギの邪魔はするな」

これこそ冗談じみた話だが。

マジクは苦笑してみせた。

「まだそんな無垢《むく》が通りますかね？」

「通るさ。だから若い者には敵《かな》わないいんだろ」

笑みを返して、悪人どもの会話を閉じた。

18

「この鋏は全魔法の例外。魔術の支配的権力者、魔王が戯れにだけ生み出せる。自分自身には使えない。そして効果はたったひとつ。誰かをこの世界から切除すること」

合成人間マルカジットは鋏を手に、うっとりとそう語った。

「魔王の鋏に与えられた死は何者も逃れられず、誤魔化せない。神人種族だろうと魔王だろうと」

「……そんなもんがあるなら、魔王術なんかよりそれ使えば良かったじゃない」

ぽつりと、イシリーン。彼女のつぶやきはマヨールも思っていたことだったが。

マルカジットはかぶりを振った。

「できなかった理由がふたつ。ひとつには、そもそも魔王がいつでも好きに生み出せる道具ってわけじゃないの。召喚機みたいな途方もない吸い上げがないとね。生成も含めて、魔王にとっては一切の制御を受け付けない厄介ものよ。あ、ふたつ目の理由言っちゃった……つまりそれね。敵の手に渡ることもあるし」

「キエサルヒマにあった魔剣オーロラサークルは、原大陸に持ち込んで機能を発揮するようになった。今思えば、魔王に近づいたせいだろう。とすると話が違うんじゃないか？」

マヨールの疑問にもマルカジットは動じない。

「あの鋏は一度折れて死んでたでしょ。魔王が無理やり余力を注いだだけ。これは違う……まだ本物」

鞘に入った剣を掲げてみせる。

その姿は正直、絵にはなっていた。少女の姿をした完全無欠の英雄が、神の約束した究極の武器を携えて英知を語る。ついでに、趣味の良い調度に囲まれて。黒薔薇の館は内装だけを言うなら、落ち着きがあって見事な邸宅だった。たまに廊下を、槍《やり》を持った子供たちに追われた女主人が駆けていくのを度外視すれば。

不審極まりない闖入者、このマルカジットは黒薔薇の暗黒王ボニー・マギーに対してなんの言い訳もしなかった——自分は運命的な力で騒乱を終わらせるために生まれた超人なので行きたいところに行って好きなようにする、邪魔すれば殺すと。

ボニーはこう言った。

「あら、まあ。でも邪魔ってどんなこと？」

対応は村人やマヨールたちと同様だ。館の部屋を割り振って、足りないものがあればそこいらの部下に言いなさい、と告げた。

マルカジットの襲撃からまだ小一時間というところだが。受け入れられるとなると、彼女はあっさり部屋を占拠した。割り当てられたのはマヨールとイシリーンの部屋なのだが、窓際のベッドからマヨールの荷物をどかし、たちまちに乗っ取った。エッジが囚《とら》われているなら、すぐにも出ないとならないのでどうでもいいが。

鋏は渡すより他になかった。マルカジットがここに来た目的がそれだというのは明白だったし、大人しくさせる方法も他になさそうだった。それに——正直——使い道の分からない道具だ。

渡されるとマルカジットは、鋏を一瞬も手放さなかった。抱いて寝そうな勢いだ。

「唯一の真なるドラゴン。それを貫くこの剣……アルフレド・マインスは知ってたと思う？」

「誰？」

ぼけたことを言うイシリーンに、マヨールはうめいた。

「あのなあ。アルフレド・マインスはイスターシバの〝息子〟だよ。《牙《きば》の塔《とう》》の前身、戦術技巧所を建てた人間でもある。これを描いた人物だ」

と、当たり前のように胸元を探って——《塔》の紋章はどこかに隠したのを思い出した。どこに置いたかも忘れたが。

「ドラゴンの紋章。究極の力の象徴として描いたらしいけど。彼は最接近領領主として聖域と接して、ケシオン・ヴァンパイアの暴走も知っていたはずだ。オーロラサークルも見てただろうな」

「キモ。ひけらかし。自慢しぃ虫に刺されろ」

イシリーンの罵倒は無視して、マヨールはマルカジットと鋏を見やった。

「なんでも知ってるんだな……キエサルヒマのことまで」

「そりゃあね。性能も人間以上だし。万能カンペキ。なーんでも一番」

「君ほどの魔術士が無名でいたなんていうのは確かに信じがたい」

「そうでしょ。でもね、この世界では必ず起こるのよ。必要な時に、わたしのようなのがどこからともなく現れるのが。常にね。そして世の中をひっくり返しちゃう。古いものを全部綺麗に処分してね」

ぱっと手のひらを裏返す仕草で、彼女は言う。が。

マヨールは腕組みして、つぶやいた。

「彼は違った」

「え？」

「今の魔王だ。彼はどこからともなく出てきたんじゃない。ぼくの叔父だ」

「……ま、そういうこともあるけど」

マルカジットは気にせず続けた。

「彼はこの鋏をあなたに与えて、使い捨ての暗殺者にしようと考えてる。これでドラゴンとカーロッタを殺せって。ひどいわよね？」

「…………」

なにを答えるべきか口を開く前に。

ドアが開いた。

入ってきたのはヒヨだ。手に赤い筒を持っている。

筒からは一本の紐がついていて、それは廊下の外へとつながっていた。ヒヨは挨拶もなく部屋に入ってくると床を横切ってマルカジットのベッドに筒を置いた。

そのまま出ていく。

しばらく待つと、シューという音とともに、床に伸びたままの紐を火花が伝ってきた。導火線だ。火花がベッドの近くまで来たところで、マヨールはそれを踏んで消した。途端。

「とりゃあああ！」

窓をぶち割ってヒヨが飛び込んできた。跳び蹴りの体勢で一直線に、マヨールの顔面を蹴り飛ばす。

不意を突かれたと言うべきなのか、どうなのか。マヨールはもんどりうって倒れると、きょとんとしているヒヨに叫び声をあげた。

「なにがしたいんだよっ！」

「あれー。なんでか、余計な人がいた……」

「なにがだよ！　爆薬に火が近づいてけば消すだろ！」

ヒヨ――これはどうせラチェットの差し金だろうが――のやろうとしたことは想像つく。あからさまなダイナマイトの火を消させるためにマルカジットを窓際に立たせて、そこを襲おうとした。先ほど見せられたマルカジットの、人間以上のカンペキ性能とやらを考えるとそんなことでもどうこうなるとは思えないが。

「間違いそのいち」

ぬっと、ラチェットが廊下のほうから顔を出す。サイアンも一緒だが。

半眼で見下すようにマヨールを見つめ、世にも冷たい態度で彼女は続けた。

「爆弾なわけないです。持ってないですし。そのに。爆弾なんかうっかり爆発したら大変なことになるじゃないですか。常識で考えてください」

「ぐっ……どの面さげて……」

「爆弾じゃないなら、なんなのこれ」

イシリーンがベッドの筒を持ち上げる。

こともなげにラチェットが告げた。

「まあ、ホントは爆弾です」

そして、それが爆発した。

爆弾というほどでもないが……弾けて、中に入っていたらしい赤い液体がイシリーンの顔面を覆った。

すたた、とラチェットが窓まで走ってカーテンを閉める。サイアンが入り口のドアを閉めた。

室内が真っ暗になる。イシリーンの顔だけがぼんやり赤く光っていた。

「とりゃー！」

その赤い顔が仰《の》け反って倒れた。衝撃音からすると、蹴飛ばされたようだが。

ラチェットがまたカーテンを引いて明かりを入れると、イシリーンは大の字になって床に倒れている。その目の前でゆっくり足を下ろしながらヒヨがうめいた。

「また余計な人が……」

「今のは明らかにわざとだろ⁉」

「そんなわけはありません。今のヒョは殺戮兵器」

「さつりく？」

「反射速度を最速にするため、条件反射だけで攻撃するようマインドセットしてみました。よって罪なし」

「君の罪になってるだけだけど」

マヨールの声は予想通り無視されたが。

ヒョは構えを取ったまま、マルカジットに向き直る。両手を挙げた一本脚立ちで、なんだか謎の拳法のようだが。ヒョオオと奇声をあげて威嚇しているものの、肝心のマルカジットはにやにや眺めているだけだ。

とりあえず倒れたイシリーンを抱え上げて安全そうな場所に引きずってから、マヨールはつぶやいた。

「そもそもなにしに来たの？」

「悪を倒しに」

きっぱり言うラチェットに、続ける。

「でも彼女、エッジが危ないって教えに来たんだろ」

「教えてもらったので用なしです」

「いや、それは……」

「エッジを革命闘士に渡したのもこいつですし」

「え？」

つぶやいたマヨールに、マルカジットは。

薄笑いを浮かべたまま言ってきた。

「言わなかったっけ？」

その横っ面をヒヨに殴り倒される――

ので、マヨールが殴りに行く間もなかった。

壁まで突き飛ばされたマルカジットを、ヒヨはさらに撃ちかかっていくのだが。マルカジットはひょいと首を縮めて切り抜けた。拍子でも取るような足取りで回り込んで、手で首を押さえながら。

「いったーい。やってくれちゃったね」

「最後の条件づけは、ナヨっちの顔色を窺った時」

ラチェットは静かに、読み上げるように口にした。

「やけに隙が大きかった。こいつ、ナヨっち気にしてる」

「それってなにかまずい？　わたしはなんにも隠しごとないよ」

マルカジットはまた言ってきたが、暗示は一度きりだったのか、ヒヨは反応しない。

それでもラチェットとともに相手を睨んでいるが。

　マヨールは訊ねた。

「なら訊くが、エッジを革命闘士に渡したっていうのはどういうことだ」

「エッジを革命闘士に渡したっていうのはエッジを革命闘士に渡したっていうことだと思うけど」

「なんでそんなことをした！」

「それは言ってあるじゃない……そういうことになれば、あなたたち、ローグタウンに行くでしょ？」

「…………」

　確かに言っていた。別にそんなことに説得力があったのでもないが、マヨールが戸惑ったのは、彼女が言い逃れをしているのではなく、本気で罪悪感がないように見えたからだ。

　ラチェットは刺すように続けた。

「お前なんて助けでもなんでもない。わたしの同調術がこじれて現出しただけ」

「きっかけとか理由づけなんて関係ないの。わたしに頼るしかないでしょ。それともあなたがこの世をよくできる？」

「この世をよくなんかしない」

「ほら。できないんでしょ。なら噛みつかないで」

ひらひらと撥《は》ね除《の》ける仕草をする。

「十四日後、みんな集まって決着がつく。これは予言ではなく——とかなんとか言ったほうが集まったかな？　どのみち簡単な話よ。滅ぼさないとならない敵がいて、それを殺す武器もある」

「ならどうしてひとりで行かない」

「あれ。手伝ってもくれないの？」

とぼけた調子で笑ってみせた。

「重要人物をなるべく多く集めたいの。あなたもその中に入ってるんだから、得意にしてもいいのよ」

「重要人物？　なんでだ」

「んー。世界一決定武闘トーナメントを……じゃなくてね。さすがにもう流行《はや》んないしね」

マルカジットはすたすたとラチェットに近づいていき、肩にもたれかかろうとした。ラチェットが嫌そうに身を引いたのでつんのめったが、あまり構わずに続ける。

「誕生日だからみんなで祝うのよ。新しい時代のね」

「そんなもの——」

言いかけたラチェットを無視して、マルカジットは今度はマヨールのほうに歩いてきた。

「世の中、ちょっとややこしくなり過ぎたのよ。だからもう一度簡単にするの。それって誰もが望んでるでしょ」

「それがヴァンパイアの抹殺か」

「誰がやるのかが問題で、みんな尻込みしてるんでしょ？　だからやってあげる」

「お前なんかにこれ以上しゃべらせない」

後ろから言うラチェットに、マヨールは制止の手を向けた。

「待って。ラチェット」

「なに。みんなでかかればとっちめれるよ。とっちめよう。とっちめにやっていこう。我ら、必殺とっちまらし部隊」

「なにを言ってるんだか分からないし本気かどうかも分からない。いいから落ち着いて。エッジが心配だろ」

ラチェットの厳しい目つきは変わらなかったが。

マルカジットを睨んだまま、こう告げた。

「姉さんたちになにかあったらその時は死なすよ」

「はーい。だから今は大丈夫だってば」

気楽なマルカジットを余所《よそ》に、マヨールは引っかかった。

「姉さん、たち？」

「だから、なるべく多く集めたいのよ」

答えたのはマルカジットだ。うるさそうにラチェットが顔をしかめる。

「ネズミの姉貴がローグタウンに乗り込もうとしてる」

「……戦術騎士団が攻め込む？」

「ううん。なんかまたアホなことやるみたい。よく分からないけど。仕方ない。アホだし」

ぶつぶつ言いながら、ラチェットはマルカジットの背後に顔を寄せた。

「わたしたちも行くよ」

「いや、君たちは――」

反射的に声をあげたマヨールに、ラチェットはそのまま告げてくる。

「うっさい。余計な手間かけさせないで。どうせ行くんだから」

取りつく島もない。まあ基本これまで、あったためしもないが。

ラチェットの顔と並んで見えるマルカジットの表情は、嫌味なほど余裕綽々《しゃくしゃく》だった。

実際に嫌味なのだろうが。

「まあでもまずは、生き延びてからの話よね」

「そうだね」

ふたりだけが合点してつぶやいて。

マヨールが怪訝に眉を吊り上げ、抱えていたイシリーンがようやくうめきながら目を開けて。

サイアンとヒヨのふたりは、慣れがあるのか、すぐにも身体を低くして防御姿勢を取った。

その三秒後、黒薔薇の館は木っ端微塵《こ ぱ み じん》に吹き飛んだ。

19

キルスタンウッズの壊滅は、こうして始まった。

予兆はあったはずだ。

門番が気を抜いていたわけではない。妙な執事が暴言とともに撃った銃弾のせいでやる気を失っていたわけでもない。

女主人が子供の暴徒に追われてついに捕えられていたわけでもない。彼らは備えるべきには備えていた。彼らが見落としていたものがあるとすれば、それはヴァンパイアライズの理不尽そのものだった。

所詮はただのギャングであって、戦術騎士団のような殺戮の専門者ではなかった故、とも言える。

館が崩れた数秒前に、見張りは空を飛んでくる巨大な塊を目撃しただろう。だがなにもできなかった。それがどれくらいの大きさのものなのか、遠近感から推測も追いつかなかったに違いない。どのみち見張りは声を発さないまま押しつぶされて死んだ。

見張り台と門を押しつぶした塊は、さらに転がって館にぶつかり、建物を崩壊させた。

そのほんの直前に、マヨールらは外に飛び出していた。

激震と、濛々《もうもう》と立ち込めた砂煙、飛び散る破片と悲鳴――それらとともに、飛来した塊を横目で観察する。それは魚眼レンズでのぞいたように歪《いびつ》に膨らんだ人間だった。それは叫んでいた。涙を流して感極まり、意味のない叫び声をあげていた。

そして見ているうちにも一回り、二回りと大きくなって、ぞっとするような音を立てて内部から弾けた。破れた表面から血と肉があふれ出し、倒壊する屋敷に覆いかぶさる。

「あれはヴァンパイアじゃないね」

混乱の中、驚くほど近くにいたらしいマルカジットが耳元で囁くのをマヨールは聞いていた。

振り向いても、見える場所にいたのはイシリーンだけだった。そのイシリーンは空を指さし、声をあげる。

「また来る！」

マヨールも見上げた。

空に同じく、膨れ上がった人間が二人、飛んできている。

片方はもう死んでいたようだ。裂けて体液をまき散らし、それが尾を引いて彗星《すいせい》のようだった。狙いは先ほどより逸れていて、外壁をさらに潰しただけだった。

もっと目を凝らすと——

恐らく森の外から飛ばされているのだろう。人間が空を飛んでくる。それが空中で巨大化し、落ちてくるのだ。人を砲弾にしている。他者を巨大化させるヴァンパイアが。

「革命闘士の襲撃だ！」

今さら、警告がなんの役に立つのか。それを思いながらもマヨールは声を張り上げた。

激しい地鳴りに耳の感覚も薄れ、首を振る。一緒に窓から飛び出したはずのラチェットらは見当たらない。あっという間にはぐれてしまった。

飛ばされてきた人間砲弾の中に、巨大化しないものがあった。それはマヨールからそう遠くない、庭の中央に華麗に着地した。

女だ。細い円錐《えんすい》だけで形作られたような、奇怪な体型をしている。先端が鋭く尖った指を伸ばして、マヨールを見た。

目が合うと同時、女は目を吊り上げて突進してきた——見慣れた人体の動きとは違う。虫が跳ねるように出鱈目に、咄嗟の予測がつかない。迅速に接近して指の先で突いてくるのを、マヨールはぎりぎりで伏せて回避した。

と、その頭越しにイシリーンが敵を蹴飛ばす。十分な打撃だったように見えたが、なにか硬い音が返ってきて、女はそれほど堪《こた》えなかったようだ。後退はしたもののすぐにまた飛びかかってくる。

「歌声よ！」

振動波を放って、敵の足元を狙った。ヴァンパイアの皮膚がひび割れた。それでも構わず走り回ろうとする……のだが、数歩目でガラス細工が砕けるように足が折れた。その場に転倒する。痛みはないのか、女はただ怒号をあげた。

空からはさらに数体の敵が落ちてきたようだ。敷地内にいたギャングたちが——どれくらい生き残りがいるのか分からないが——反撃を始めたようで、立て続けに銃声や武器の音が聞こえてくる。

その中で。

「グレンショッカー！」

雷電が一筋、混沌《こんとん》を突き抜けた。

白い稲妻が革命闘士のひとりを貫いて爆発する。崩れた建物から悠然と姿を見せたのは、あの執事だ。

「ウオオオオ！」

別のヴァンパイアが襲い掛かる。熊かハリネズミか、その中間といった風貌の獣人だ。

だがケリー・マッケレルは慌てた様子もなく構成を編み上げた。

「ダムダボミング！」

衝撃波がヴァンパイアの頭部を揺らす。平衡感覚を失った敵の背後に回り込んで、執事は告げた。

「では、ごきげんよう」

さっと取り出した拳銃を敵の耳元に突きつけ、引き金を引く。

さらに遠方にいる革命闘士に向かって連発してから、弾がなくなった拳銃を捨てて。

マヨールのほうに歩いてきたのは、こちらに用事があったというより、倒れているガラスのヴァンパイアにとどめを刺しにきたようだった。

その前に――衝動的にとしか言いようがないが――マヨールは割り込んだ。なにをしているのか、言おうとしたのか自分で分からないでいるうちに、ケリーが言ってくる。

「なるほど。お若い」

「いや……」

「そしてお甘い」

容赦なくケリーの拳が、腹に撃ち込まれた。

うずくまったマヨールがまた立ち上がった時には、通り過ぎたケリーがヴァンパイアの息の根を止めていた。バラバラに砕け散った女の顔が、それぞれ違う表情で地面に散らばっている。

イシリーンも止められなかったようだ。それくらいケリーは超然と迷いがない。まだ続く邸内の騒乱を見回しながら、

「お緩いですな。あのあたりにお隠れになるとおよろしいのでは？　落ちた梁《はり》にお押しつぶされたお子様が泣き叫んでおりましたが、そろそろお静かになっておられる頃でしょう」

「言葉遣いが……」

うめくイシリーンに、ふっと笑って髪を整える仕草で応じる。

「執事たるもの、礼儀こそ最優先事項です。円滑な納税の八倍です」

「いや、言葉遣い間違ってるって言いたいんだけど」

「執事は決して間違えません。我執事也《なり》。仕える場が失われたとしても最後まで執事として生きるのみ」

「そんなことより……」

どうにか呼吸が回復して、マヨールは言い募った。

「失われたって、まだ終わったわけじゃない。建物から人を逃がして、態勢を立て直して――」

だが途中で。ケリーは鼻で笑った。

「いいえ、キルスタンウッズはもう終わりです」

あっさりと認める。

「我々は館を守れなかった。これが知れればもう誰も従いはしません。そんなものですよ、秩序というのは」

「だからあとは暴れて憂さ晴らしか」

「不意のお客様を追い返すのはわたしの管轄ですし、ま、先方様もお覚悟はしておられるようですしね」

と。

三方を新たなヴァンパイアに取り囲まれていた。

等間隔に三人。見た目から、いずれも強度の深刻なヴァンパイア症ではなさそうだが、武装して剣呑《けんのん》さは際立っている。

マヨールから近いのは波打った形状の剣を携えていた。斬るというより肉を千切って、より大きな傷口をつけるための武器だ。

大型の剣を片手で軽く持ち上げ、振りかぶってから。飛び出す。

マヨールも同時に踏み込んでいた。相手の気組みを崩して懐に入る――が、こちらの見立てた間合いがそもそも違っていた。常人にとっては巨剣でもヴァンパイアの剛腕からは羽のようなものだった。ヴァンパイアはくるりと逆手に持ち替え、近づいたマヨールに突き立てる動きに切り替えた。

が、さっきの教訓ではないが、自分が読み違えることをマヨールは先読みした。どう裏切られるかは分からないがとにかく予想とは違っているだろうと。その時のために術構成は編んであった。唱える。

空間を捻《ね》じ曲げ、すり抜ける――マヨールは一瞬後、剣の上にいた。上から踏みつけると剣は地面に突き刺さった。そのままヴァンパイアの腕を伝って、思い切り頭を蹴りつける。

昏倒した敵を後目《しりめ》に、仲間を見やる。イシリーンは両手に鋸を持ったヴァンパイアを魔術で打ち倒したところだったし、ケリーも自分の敵を（またどこからか取り出した）拳銃で射殺していた。

目くばせする。やるべきことは分かっていた。ケリーはほっておいて、イシリーンと駆け出す。崩れた屋敷のほうへと。はぐれた三人――いや四人か――と合流しなければ。

（どれだけ来たんだ、革命闘士が）

走りながら考える。〝砲撃〟は終わったようだが、あちこちから聞こえる戦闘音は止《や》んでいない。

投げ込まれた者ばかりではなく、森に潜伏していたのか、壁を乗り越えて入ってきた革命闘士もいるようだ。毒棘のある森を抜けてきたなら、かなり強靭なヴァンパイアには違いない。銃弾では倒せないほどの。

（早く見つけないと）

ヒヨの能力はあの歳《とし》では大したものだが、本格的な殺し合いともなると話にはならないだろう。ラチェットも本調子ではない。

マルカジットとラチェットたちが窓から飛び出していったのは見た記憶がある。屋敷の中に取り残されていることはなさそうだが、庭にもいない。炎と煙で視界が悪く、確信はないが。

炎はどうやら、ヴァンパイアの中にそんな力を持った者がいるようだ。建物のがれきが火の手をあげている他、地面も火傷《やけど》跡のように爛《ただ》れている箇所が目立つ。

「ケシャアァ！」

煙の合間に、両手脚を蜘蛛《くも》のように伸ばして、数メートルの高さから火を吐いているヴァンパイアがいる。火というより、発火性の唾液を噴出しているのか。

戦術騎士団の見立てるヴァンパイアの強度は、変形の度合いよりも通常術が通じるかどうかが重要になる。対処に魔王術が必要とされるのかどうか、だ。

経験則から、強大化したヴァンパイア症は進行に歯止めが利かなくなるとされる。ここで見られるヴァンパイア症は、キエサルヒマでは（ケシオン・ヴァンパイアを除いて）いまだ例にない強度だ。魔術戦士であればどれくらいの強度と判定するのか……ヴァンパイアを見上げて、マヨールは躊躇した。横で、腕を振り上げて息を吸ったイシリーンの構成を見て、制止する。

「待て！」

「なに、なに！」

発動を取りやめた彼女に、告げる。

「あれは唾が燃えてるんだろ」

「そうね？」

「体液が外気に触れると燃える仕組みなら、身体を傷つけたら大爆発するかも」

ただの憶測だが、もし当たっているなら、通常術で攻撃するのは危険が大きい。

「そんなこと……言われてもさ。どうすんの？」

腕を止めたまま困惑するイシリーンに、マヨールは告げた。物陰まで手を引きながら、

「あの剣だ」

「あれ、使う気？」

「攻めてきてるのがカーロッタの手下なら、もっと強度の高い奴も来るかも。さっき、

マルカジットの声が聞こえた……姿は見えないけど、彼女はこの状況を見てる」

名前を出されてイシリーンが不快げにうめく。

「なんなの、あいつ。気味悪い」

「分かるかよ。合成人間かなにか知らないけど、対等にやり合えるのはラチェットだけみたいだ」

ずん、ずん……と、移動を始めた蜘蛛脚のヴァンパイアの動きを確かめて。

マヨールは囁いた。

「まずはラチェットたちを探そう。それからマルカジット。剣を取り返して、ここの敵を排除する」

声を落としたのは聞かれないようにというより、気の進む話ではなかったからだ。

イシリーンには隠せない。と分かっていたので隠そうともしなかった。そのほうが彼女の機嫌もいい。

が、今回についてはイシリーンも暗い目を見せた。一瞬の陰りだが。

「ラチェットの精神支配をまた使うのね」

治りかけた傷をまた開くような行為だ。

できればやらせたくない。などと思っていることを見せれば彼女から返ってくるのは侮蔑だろう。イシリーンは一人前の魔術士だ。あるいは一人前以上の。

うなずいて、マヨールは続けた。

「この状況を切り抜けるには助けがいるし、まだ建物には村の人たちの生き残りも――」

「分かってる分かってるって。任せなさいよ」

髪を振って、彼女はにやりとしてみせた。

「その代わり、今度わたしの頼みごとも聞きなさいよ」

「え？」

答えを聞く間もなく、イシリーンは目を閉じて没頭した。

数秒。また顔を上げた時には額に汗をにじませていた。ふらつく彼女の身体を支え、マヨールは聞き入った。イシリーンが小声で囁くのを。

「……向こう……追われてる」

館を回って裏側か。確か、裏庭があったはずだが。

イシリーンを抱えて移動を始める。彼女はすぐに自分で歩こうとしたが、方向が覚束《おぼつか》ない様子だった。感覚がずれているのだろう。

先を急ぐ。煙に映る影にも警戒しながら。うろつく革命闘士であったり、敵を求める黒服の男たちであったりしたが、どちらにしても味方かどうかの保証はない。

回り込んで裏庭に入り込んだ。こちらも派手に荒らされているが、火の手は回っていなかった。元は……墓地だったのだろうか？　墓石が並んでいたのだろうが半分以上、館と一緒にバラバラに吹き飛ばされている。

「なんでこんなとこにお墓……」

疑問の声をあげたイシリーンに。

転がった墓石を見て、マヨールはつぶやいた。

「無名の墓だな。でも個人個人にあるみたいだから、名前を残せない人たちの墓、か」

「犯罪者とかの？」

「多分、恨みを買ってる人のね。ギャングの墓なんじゃないか」

「荒らされないよう、庭に作ったわけね……」

だが今、墓地は壊滅している。ケリーはもうキルスタンウッズは終わりだと言っていたが。既にあちこちに漂っている死の気配からすると、墓はいくら作っても足りなくなりそうだ。

「それで、ラチェットは？」

「こっち……だと思う」

イシリーンの先導で進む。

騒乱の中心から少し離れただけだが、かなり静かに感じた。ぴりぴり張りつめた空気の中に、かすかな、石をこするような音が耳に触れる。

煙はこちらにも立ち込めていて、相変わらず視界は悪い。目に染みて涙が出てくるというのもある。足元はそれほどでもないが、上空に広がった粉塵が影を作っているようだ。太陽も隠れて夜のように暗い。

耳触りな石の音。出鱈目というほどでもないが一定でもない。

墓地を歩き回っている誰かが……墓石につまずいている。

そんな音だ、と見当をつけた。だが問題は、墓石にぶつかっているその足が、石より硬いものだということだ。石のほうが削れている、そんな音がしている。

埒《らち》が明かない。イシリーンに合図して、マヨールは叫んだ。

「暴風よ！」

渦巻く気流が煙を遠ざける。そしてイシリーンが灯明を投げた。

かなり広い裏庭だが、視界さえ確保できれば見渡せないわけではない。

マヨールが見たのは墓地を歩く異形の姿だった。半魚人という格好だ。棘だらけの鱗《うろこ》で全身が覆われ、頭部は鋭い歯の並んだ爬虫類《はちゅうるい》になっている。

そしてまた別の場所、その半魚人とマヨールらからちょうど等距離ほどか。墓石が積み重なった物陰に、ラチェットとヒヨ、サイアンが隠れている。館から飛び出した後、ヴァンパイアに追われてこっちに逃げたのだろう。

ラチェットらも半魚人もこちらに気づいた。どう動くか。

視界はすぐにまた失われた。風が吹いたか、煙が濃くなってイシリーンの灯明を押し消した。ぼんやりした半魚人のシルエットに向けて、マヨールは叫んだ。

「光よ！」

熱衝撃波が標的を狙う。手ごたえはあったが、爆発の中、ヴァンパイアの影は消えない。

それどころか墓石がふたつ、飛んできた。直撃を受けながら反撃してきたのか。狙いは正確ではなく、ぎょっとさせられた程度だが。飛礫《つぶて》のように重い墓石を投げつけてきたのだ。

イシリーンに囁いた。

「俺が奴を足止めするから、ラチェットたちを！」

「分かった」

彼女が駆け出していく。マヨールはもう一度声をあげた。

「怒りよ！」

空間爆砕。激しい衝撃が立て続けに、先の焦熱が立ち込めるあたりを掻きまわす。この威力で引き裂けなければ、通常術で通じるものはほとんどない。

ヴァンパイアが吠えたのが聞こえた。断末魔の声ではあるまい。さらに暴れて、マヨールの立っている足元まで揺れを感じる。見た目以上の質量だ。

騒ぎを聞きつけてさらに敵が集まってくるかもしれない。早くみんなを逃がし、自分も脱出しなければ。

もうひとつ大きな術を――と集中しかけて。

鳴り響く震動が近づいてきているのを察して、マヨールは術を取りやめた。横を向いて逃げ出す。

くすんだ大気に半魚人じみたヴァンパイアの影が大きくなった。煙の中から巨大な怪物が飛び出してくる。ヴァンパイアが駆け抜けるぎりぎりを、どうにかマヨールは退避した。肩越しに見やって術を放つ。

「枷《かせ》よ！」

空間をねじり、敵の身体を固定する。狙ったのは足首だ。ヴァンパイアは大きく地響きを立てて転倒した。墓石の散らばる地面に激突したが砕けるのは石のほうだった。光熱も空間爆砕もほとんど手傷を負わせていない。

これで無力化できるならそれでいいが――

ヴァンパイアの肘の棘がこちらに向く。マヨールが身体を下げると同時、大きく伸びた棘が肩を掠めて突き抜けていった。舌打ちして、追撃が来る前に転がって移動する。術も解いた。

動いたせいで方向感覚を見失い、イシリーンが走っていった方向も分からない。濃くなった煙に咳《せ》き込んだ。

起き上がった半魚人を見据えて、構成を編む。これより強大化したヴァンパイアの動きを封じたこともあるが、あの術は極めて強い集中力がいる。不意の横やりもあり得る今の状況では気軽には使えない。

「雷よ！」

ひるませる程度にしか通じないが、倒れた後頭部を電撃で打ち据える。

と、熱を感じた。

振り向いて、靄《もや》の上方に影を見る。屋敷を踏み越えるようにして蜘蛛脚のヴァンパイアが裏庭を見下ろしているようだった。やはり注意を引いてしまったか。

（それなら——）

「閃《ひらめ》き、よ！」

光熱波に似ているが強い閃光《せんこう》だけを放った。すぐさまその場を離れる。

と、蜘蛛脚の吐いた炎がマヨールのいた場を焼き払った——そのまま、倒れている半魚人の背中まで。傷にはなっていなかったが、半魚人が怒りの声をあげて起き上がる。

「ウゴアアアア！」

狂暴に地面を叩いた。この声でまた蜘蛛脚が炎を吐き掛ける。半魚人は焼けた地面からまた形を保っている墓石を持ち上げ、投げ返した。

しばらくこれでやり合っていてくれれば、時間が稼げる。マヨールは見回してイシリーンの姿を探した。数メートル先に人影を見て――

「くっ！」

横に跳んだ。耳元を掠めて鋭いものが通り過ぎていく。

視界不良のせいですっかり混戦だ。マヨールは牽制のために真空波を編んで、ついでに稼いだ猶予で敵の姿を見た。派手な変形はしてないヴァンパイアだが、腕が長く先端に鋭い爪が伸びている。

飛びかかってくる敵に、マヨールも突っ込んだ。爪をかわして接近戦を挑む。蹴り上げた足が膝を砕き、動きを崩した敵の胴体に拳を叩き込んだ。

そのヴァンパイアは倒れたが、その奥にもうひとりいた。剣を掲げて斬りつける体勢になっているのが見える。このまま進めばかわせない――のは分かっていたが、マヨールは打ち終わった勢いでほんの半歩がずらせなかった。

（やられる……！）

術を放つ余裕もない。鋼の先端が首を刈りに来るのを見る、体感数秒の一瞬間……

その刹那の隙間を、なにかが通り抜けた。

としか思えなかったが。そんなことが可能だとして。次に見たものはその剣が逆向きになって持ち主の首をはねている光景だった。

剣を持っているのは金髪の少女だ。マルカジット。マヨールを肩越しに見やる余裕まで見せて、奪った剣を振り抜いた。

気配もなく現れて、すんでのところで横からヴァンパイアの剣を奪い、敵を殺した。〝鋏〟は使わずに左手に抱えている。彼女はよそ見したまま煙の中に剣を振るった――そこに吸い込まれたような格好で、また別のヴァンパイアが喉を裂かれ、血しぶきをあげる。

マヨールは血をかぶったが、マルカジットはもう別の位置に移動している。剣を地面に突き立てて、そこにちょこんと座り込んだ。

「さてっ、と」

楽しそうにつぶやくのが聞こえる。

「手間を省いてあげたよ」

「手間……？」

顔にかかった血を拭いながら、うめく。

彼女はにこやかに続けた。

「わたしを探すのにラチェット・フィンランディが必要だった。ラチェットを確保するのにデカパイ女を行かせた。わたしが来てふたりきりになったら、その人たちいらないね」

さすがに毒づいた。首を切られたヴァンパイアの身体はまだ血を噴き出してのたうっている。

「馬鹿か」

「用があったのはその剣だ。返してもらう」

「いいけど、ここで使うつもり？」

　ぽいと鋏を投げて寄越して、マルカジット。心底からびっくりしているようだった。

　マヨールは剣を受け取った。鋏の魔剣はなんの反応もない。使えるのかどうかもよく分からないが。

　マルカジットはいかにも可愛らしく小首を傾げた。

「たかだかギャングと田舎《いなか》モンを助けるために？　もう結構死んじゃってるけど」

　ふわりと手を振って、周りを示す。

「その鋏は魔王の戯れ。何回も使えるとは限らない。世界をより良くもできる切り札なのに、その使い方でいいって自信ある？」

「…………」

　手の中の剣を見下ろす。

　ふと、剣もまた自分を見ている気がした。試すように。

　マルカジットの言葉もまた、少女の姿をしたものが発したというよりは見えない壁の向こう側から聞こえてくるような……遠さを感じた。

「その剣でカーロッタとドラゴンを殺さないと、エッジも助けられないね。わたしの機嫌も損ねないほうがいいよね。せっかくあなたの側《そば》にいてあげてるんだから……」

剣に絡みついた一本脚のドラゴンの紋章。剣とドラゴン。大きな力。

あまりにもはっきりした道しるべ。この世界をより良くできる切り札。

（それは俺も含めてか……）

オーフェン・フィンランディも仄《ほの》めかしていたことだ。はぐれ者が必要だと。身動きの取れない状況を陰から刺す暗殺者。

全世界の声が自分を推す。うっすらと見えてくる。栄光の勝利？

それに気づいて。

マヨールは、にやりとした。

「なるほど」

剣を抜いた。鞘を投げ捨てて肩の上に構える。

「そんなのは全然はぐれてないな！」

構成を編んでいた。力を乗せて剣を打ち出す。屋根の上にそびえる、蜘蛛脚のヴァンパイアに向かって。

鋏の魔剣は真っ直ぐにヴァンパイアの首に突き刺さった。

振り向いて、マルカジットと対峙する。

「一番良い方法でなくたって切り抜けてみせるさ。こっちに来て大勢と出会ったが、あのジェイコブズだってお前よりマシなことを言った」

「ふうん……じゃ、あなたじゃないんだ。次の魔王は」

意味深に言ってくる。

「でもね」

と、腰を下ろしていた剣から飛び降りて、

「今のは偽物だよ。あなたと同じ」

そう言って彼女が地面から引き抜いたのは――〝鋏〟だ。

「………？」

目を疑う。一瞬で入れ替わっていた。いや、こちらに投げ渡した時から幻のように騙《だま》されていたのか。

では、投げたのは。また向き直って、ヴァンパイアを見上げる。口の中に剣を突き立てられた蜘蛛脚は、破れた顔から燃える唾液をまき散らし、自ら火だるまになっていた。溢《あふ》れた火がさらに皮膚を焼き、全身が発火を始める。倒れ込んだ館の残骸に、大きく炎があがった。

しまった――と言う間もない。まだ生き残りがいたかもしれなかったが、逃げ道のないまま屋敷が全焼すればおしまいだ。

　破れかぶれに火を消そうと、空間爆砕の構成を編もうとする。が、足元を揺らされて中断せざるを得なかった。半魚人が起き上がっている。こちらを真っ直ぐに見据えていた。

「もうひとりあてがあるから、そっちにするよ。もうひとりのはぐれ者をね。分かるでしょ？　あなたは終わり。ここで清算して」

　マルカジットの囁きが耳に入るも、姿は消えていた。魔剣とともに。

　蜘蛛脚の炎上で、あたりの気温が一気に上がる。風も激しく荒れ、煙は入道雲のように膨れ上がった。

　耳に残った言葉は、この言葉だった。

「清算、か……」

　半魚人がまた地面を叩き。蜘蛛脚がさらに火勢を強めて。周りに集まるヴァンパイアの気配も――

　そのどれにやられるかくらいは、選びたければ選べそうだが。

（選ぶかよ）

　身構える。最後まで抗《あらが》えば死にざまも選べなかろうが。やるより他ない。恋人もいない場所では死ねない。

と。

「バイルブレアー！」

空中から撃ち下ろされた熱線が、半魚人を炙った。

傷を負わせたわけではなかったが足止めした。さらにマヨールの背後に、すたっと足音が聞こえた途端に。恐らく殺到してきていたのだろう革命闘士の群れがばたばたと倒され、マヨールの足元に転がった。四、五人が一気にだ。

「馬鹿！　バァカ！　考えなしのズベ公が！　火事だってのに火ィ使うんじゃねぇよ！」

わめいた声が本当にすぐ背後だったことに、マヨールは戦慄した。気配がまったくなかった。声には聞き覚えがある。

そのすぐ後に、

「ハイリーブルウ！」

また呪文の声が響き、今度は風が屋敷の炎を押さえ込んだ。鎮火まではできないが。風は同時に煙もかき消し、マヨールは現れたのが誰かを確認した。魔術戦士。戦術騎士団の……無駄にガラの悪い男がすぐ後ろに立っている。なんといったか。ブレイキング・マシューーか。

空から降りてくるのはシスタだ。重力中和で効果を和らげながら。彼女ひとりだけで

はない。ビーリー・ライト、ベクター・ヒームといった魔術戦士たちが次々とこの場に出現しているようだった。

最後に現れたのはエド・サンクタムだ。あたりを一瞥《いちべつ》し、マヨールを見つけた。ぽつりと言ってくる。

「長くはいられん。救援を要請されて、やむなく転移してきた」

「……誰に？」

エドは再び視線を移した。それを追って……

「ラチェット！」

マヨールは声をあげた。周りでは戦術騎士団が次々とヴァンパイアを殺し、屋敷の消火にもあたっている。加勢するべきか迷ったが、ラチェットの様子がまた普通ではなかった。

たまらずに駆け寄る。最初に見た位置からまた移動していたようだが、そう離れていたわけでもない。同じような墓石の陰に、ラチェット、ヒヨ、サイアンとイシリーンが集まっていた。真ん中にラチェットが横たわっている。

魔王の娘は完全に意識を失っている。白目をむいて全身を引きつらせていた。ぞっとするほど血色が悪い。ずっと具合が悪かったがここまでではなかった。

「ダメージを受けていたところに無理を押したな」

ついてきていたエドが、またつぶやく。これもやはり気配がなかったため、マヨールはぎょっとした。が、構っている場合でもない。

イシリーンがラチェットを抱きかかえて話しかけていたようだが、マヨールに気づいて顔を上げ、かぶりを振った。

「ラチェットが、助けを呼ぶって……止めたんだけど。聞かなくて！」

なかば取り乱しているイシリーンの肩を、マヨールは抱き寄せた。囁く。

「そうか。すまない。俺が革命闘士を止めようなんてしたから――」

「違うの。ラチェットは、なんとしてもあいつを殺すって……合成人間を！」

「……なんと言った？」

その言葉を聞いて目に見えてたじろいだのは、エドだった。

きょとんとしながら、イシリーンが見上げる。

言葉の出ない彼女に代わって、サイアンがエドに説明した。

「合成人間。急に出てきたんです……自分でそう名乗って。わけの分からないことばかり言って、ぼくにはさっぱりでしたけど」

「そうか。それで俺を呼んだのだな」

珍しく、つらさを感じさせる目の色で。

エドはラチェットにかがみ込み、顔に触れた。なにをするのかと思ったが、涙を拭いて目を閉じさせた。

「傷が深いな……診られる者は？」

と、訊ねる。エドの横にベクター・ヒームが控えていた。

「一通りですが、一応」

「治療経験は？」

「ありません。治療されたことしか」

「ないよりマシか」

あきらめの息をつくエドに、ベクターが囁くのが聞こえた。

「我々の移動はカーロッタも気づくでしょう。無防備のラポワント市へ反攻されれば大きな損害になりますよ」

「反攻とは、これまでこちらが攻めていた場合の話だな。我々はとっくに首が絞まっていた」

すっぱりとエドは反論したが、すぐに言い直した。

「いや……その通りだな。だが状況が変わった」

「は？」

「仕留めなければならない対象がまた増えた」

戦術騎士団の隊長は、マヨールに視線を転じた。

「合成人間について説明しろ」

「は、はい……」

マヨールはうなずくしかなかったが、ただ、なにか説明できることがあるのか、自分でもよく分からなかった。

20

戦術騎士団の転移で、キルスタンウッズの状況はほぼ終息した。

ボニー・マギー邸は全壊した。魔術戦士たちが消火し、多数のヴァンパイアの死体を片付けながら瓦礫《がれき》を取り除くと、予想以上の生存者が残っていた――黒薔薇の暗黒王ボニーは、戦闘が始まるとすぐに村人たちを地下牢に突き落としたのだ。

地下牢というのは村人たちの談だが……実際には地下の倉庫だった。館にいた、物言わぬ楽団員は全滅した。

そして。

「どうやら生きておられたようで。お客人」

ケリー・マッケレルは髪一筋乱さない、涼しい顔でそう言った。

「あなたが言うほど甘くはないんです」

と……なんでも言えるのであれば、マヨールはそう答えただろう。

だが半身を潰され、あと数秒で死ぬのであろう執事にはなにも言えず、ただ見つめ返しただけだった。

「おかしいですね。執事というのは、大抵おかしなことをしても死なないはずなのですが……」

それがケリーの最後の言葉で、それを聞いた女主人はどうしたのかというと、執事をふたりも亡くすことなんて普通あるかしら、と肩を竦めた。

「冷淡かしら？」

と、視線を察して微笑んだ。柔らかく、優しく、あるいは寂しく。そのみっつがどれも同じ根にあると思い起こさせる、そんな眼差しで。

死んだ執事を丁寧に抱き起こし、首元にこびりついた血をハンカチで拭ってやりながら、

「でも、こうなると分かって部下みな様をカチコミに向かわせたのはわたくしですもの……泣いて許されやしないことに、泣いたりはしませんのよ」

それは黒薔薇の暗黒王には相応しいことなのだろうし、必要なことなのだろう。ケリーはああ言ったが、開拓地におけるキルスタンウッズの役割はここであっさり放棄して

良いものではない。

　村人たちが、ギャングの墓地を直そうとする中、戦術騎士団とマヨールらは移動を始めなければならなかった。

　エドは合成人間について、分かることをすべてマヨールから訊き出そうとした。ラチェットは治療を始めたが意識不明が続いている。

　マヨールに分かることは、マルカジットがどこへ向かうかくらいだった。

「カーロッタと、ヴァンパイアを全滅させることが目的だと言ってはいました。突然出てきて、調子のいいことを言うのでなにが本気なのかも……」

「ラチェットの同調術がネットワークに影響したというのは、分からなくもない話だ。ネットワークはゴーストをたびたび生じる。安直さを餌に願望に取り憑《つ》く」

「誰かが企んだことじゃあないんですか？」

「リベレーターの結界のような、そういったプランニングされた類ではなさそうだ。まったく偶然のイレギュラーかとなると、どうとも言えんが」

　エドは全隊を、ローグタウンに向かわせるつもりのようだった。

　だが攻め込むわけにはいかない。そして、もうひとつ別の懸念も現れた。

「アーったくよう。こんなバケモンの戯言に意味なんかねえっつの」

　引き裂かれて死にかけたヴァンパイアを引きずりながら、マシューは不満たらたらだった。

一緒に運んでいるシスタが生真面目に窘《たしな》めている。

「敵の行動目的を知ることはなにより重要だ」

「なんでだよ。どうせブッ殺すんだからどうでもいいだろ。まあ、望みを踏みにじりながらブッ殺すほうが気持ちゃーいいけどよ」

ともあれヴァンパイアから、ここを襲撃した目的がなんだったのかを聞き出したことで、あることが判明したのだ。

「邪悪な……キルスタンウッズの人食い女の首を……献上する……」

取り憑かれたように、ヴァンパイアは繰り返した。

「そうすればきっと、カーロッタ様は我らにも門を開けてくださる……」

「カーロッタはお前たちを締め出してるのか？」

襲撃してきたヴァンパイアたちは、カーロッタの手下ではなかった。

強大化して革命闘士の中にはいられなくなった者たちだが……合流を求めてローグタウンに向かったものの、中に入れてもらえなかったという。

「門……閉じている……」

「ここまで来るのが楽だったのも腑に落ちなかったんだ。カーロッタは閉じこもってるのか」

髪を掻いてマヨールはうめいた。

エドが言う。

「どうにか策を弄さねば……ならんわけだな」

「クアー！　やっぱロクなことがねー！」

悔しがっているマシューについては、誰も相手にしなかった。

ともあれ、戦術騎士団は出発した。

ローグタウンに向かう魔術戦士たちに交じって歩きながら、マヨールは、やはり思い出さずにはいられなかった。

「重要人物をなるべく多く集めたいの」

マルカジットは言っていた。

それもエドには伝えたが。

「そして世の中をひっくり返しちゃう。古いものを全部綺麗に処分してね」

どこからどこまでが古いものなのか。彼女はまだ明らかにしていない。

そこには、マヨールも気づいていた。

この原大陸の、この戦いの、この変化の……そしてこの旅の清算がいくらになるのか、分かっていないのだ。

単行本あとがき

最終巻でやっぱり前後編になってしまった……という忸怩《じくじ》たるそんな感じもアレなんですが、その前後編の途中であとがきってなんなんだというういつものコレもですね。なんともわけが分からない今日この頃なのです。

しかも書こうとしてるのが、他社から出ている本のあとがきの続きの話だったりします。混沌が止まりません。

《前回までのあらすじ》

海外で見かけたマスターソードの等身大レプリカを、帰国後に通販で輸入しようと試みたわたし。

しかし海外製の刀剣レプリカというのはステンレス鋼で作られていることが多く、これは国内では刀剣と見なされ銃刀法が適用されてしまうのだ！（知りませんでした）

税関からの連絡を受けたわたしは提示された選択肢のうち、「銃刀法が適用されない刃渡り五・五センチに切断する」を選ぶ！

使ったこともない金ノコとグラインダーを購入し、無駄にわくわくするわたし。

果たして税関まで行ってステンレス鋼は切断できるのか。ステンレスってどれくらい硬いもんなのか。まったくの未経験！

運命の日が訪れ、わたしは電車に乗るのだった……

まあそんな大げさなことなのかという話の前にですね。

このへんは当日、ツイッター的なものでも首を傾げてたんですが。

玩具のマスターソードが銃刀法で国内に持ち込めないからという理由で、金ノコとグラインダーなんか購入してそれ持って電車に乗ってるって、かなりとんちんかんっていうか本末転倒感が漂ってるわけですけど。

税関は思ったより遠かったです。正確には横浜税関川崎外郵出張所。川崎駅からバスで四、五十分ですかね。これがもし空輸だった時は空港に行くことになってたのかな……とか思いながら、うまいこと時間ぴったりに着きました。

とりあえず入り口には誰もいないので、インターホンを。ただ……なんの用事だって言えばいいのだ。マスターソード切断に来ましたで通じるのか。モヤモヤしながら「すみません、荷物の相談をしました秋田と申しますが、○○さんいらっしゃいますか」

こういう来客自体が珍しいという感じで、向こうも少し戸惑いながら「はい。えーと……お入りください」

入りました。でも受け付けはあるけど人はいないし、大きな建物のどこに行けばいいのかもよく分からず。案内板を見つけてエレベーターに乗って、オフィスらしい場所を見つけて。

入ってまた挨拶するとですね。職員が奥にいって、こう言ったの聞こえました。

「切断の方、来られましたよー」

なんだ。切断で通じるのか。

いや通じて欲しかったかというとまた微妙ですが。

「不注意でお手数かけてしまって申し訳ありません……」

「いえいえ、こちらこそ。あ、ここへどうぞ」

と案内されて、作業場となる部屋に。

初めて荷物と対面。海を越えてきたマスターソードです。

「これ、なんの剣なんですか……?」

「いえ、ＴＶゲームに出てくるアイテムなんですけど」

という説明などもしつつ。若い職員もいらっしゃったんですが、その人は知っていたようで、

「ゼルダの伝説っていうゲームです」

と上司に言ってました。

あとは今回のケースが銃刀法に抵触する要件（ていうんですかね）と、手続きについて説明を受けて。

書類も書きました。公的な文書として「切断のため」って書いたのは多分、生まれて初めてです。これも多分ですが、最後だろうとも思います。

でまあ、切りましたとも。最初に金ノコを試しましたが、どうにか切れないことはないものの、かなり時間かかります。

やっとのことで刀身を切断。わたしはこの刀身を、五・五センチ毎《ごと》の細切れにして持って帰ろうと考えてたんですが……かかった時間と労力を考えると、刀身全部やるには二日はかかりそうな気配。

で、グラインダーなんですが。これは楽にいけそうだったんですけどね。すさまじい火花とか散ってしまって。屋内で使うもんじゃないなと。

でも屋外には持って行けないのです。税関を通っていないので。

さすがに「また明日来ます！」とも言えないので（税関の方は案外好意的に、どうぞと言ってくださったんですが）、あきらめて刀身だけ所有権放棄しました。

そして柄と、飾り台だけ持って帰りました。

ちなみに、こういうことって結構あるんですか？　と訊いてみたところ。

「いや、ないですね！」

朗らかに即答されました。いやホント申し訳ない……

そんな顛末《てんまつ》でした。

不注意なんですが、こんな馬鹿げたことで税関を煩わせちゃいけないですね。大事なお仕事している方々ですのでね。あまりに馬鹿っぽいケースだったせいか、税関職員の人たちにはすごく優しく接していただきましたが。

世間って優しいよな、その優しさに甘えてばかりじゃいけないよな、と。

すみません本当、前後編とかになってしまって……

と話がもどりつつ。

またお会いできれば幸いです。それではー。

二〇一三年九月――

秋田禎信

文庫あとがき

なるほど。そうですか。

今回が最後なのでシリーズ全体について語るつもりでいて、前回そんな前振りまでしていたのに、まさかの上下巻でしたか。まだあと一冊あるんですか。全体語るのは早いですか。

やってくれましたね。当時のわたし。

こんな、こんな罠を……ゴゴゴゴ。

いや、まあ、忘れてんなよお前て話なんですが。

じゃあもう仕方ないから、上巻であとがきってどうなんだろうとか苦しいケチつけて誤魔化そうかとも思ったんですが、既にやってた気もします。ホント、当時の俺、いつかシメる。ごめんなさい。

というわけで代わりの話をしますかね。なんかあるかな……

前回からお正月を挟んでますからね。それなりに里帰りしたり人に会ったりもしてます。飲み会がハケた後ひとりで歩いてたら、荷下ろしをしていたトラックを見かけたんですが火事みたいな煙出してて、誰かが通報したのか警官が来てました。燃えてたわけじゃなくて運転手いわく、これ本来は走ってる時に出す水なんすけど、荷下ろし時間がかかる時は蒸気になってこうなっちゃうんすよー、問題ないやつです、て言ってたんですけど肝心な部分よく分からなかったなー。こういう時、立ち止まってしっかり聞くのも不審なんで通りすがりに聞き耳立ててるんですが。いまいちネタにはならないかな。ちゃんと聞いててもネタになるほどのことだったか分からないですが。

まあたくさんの人と立て続けに会うと、それはそれでなにがあったんだかごっちゃになって分からなくなりますね。しばらく会ってなかった友達からボリビア土産をもらったりしました。ボリビアとあともう一国、どこだったかな。共産圏のどこかです。レーニン関係のお土産ももらいました。「たくさんあるからどれでも好きなレーニンを選んで」って、人生でもう二度とないだろうなって選択に出くわしました。

そんな日々でした。

次こそはいよいよ最終巻ですねー……って書いたら編集の人に「あとまだ番外編の魔王編・手下編が続くんですが」と言われました。

う……お……う……そうでしたっけ。しかしあとがきのネタなんてあるわけない。どうする。

ともあれ、そんな具合ですがまたそこでお会いできれば幸いです。ではー。

二〇一八年一月――

秋田禎信

本作は2013年10月に小社より刊行されました。

TO文庫

魔術士オーフェンはぐれ旅
女神未来(上)

2018年3月1日　第1刷発行

著　者　秋田禎信
発行者　本田武市
発行所　TOブックス
〒150-0045東京都渋谷区神泉町18-8
松濤ハイツ2F
電話03-6452-5766(編集)
0120-933-772(営業フリーダイヤル)
FAX03-6452-5680
ホームページ　http://www.tobooks.jp
メール　info@tobooks.jp

本文データ製作　TOブックスデザイン室
印刷・製本　中央精版印刷株式会社

Printed in Japan　ISBN978-4-86472-643-6